AMOR,
nunca mais?

Editora Appris Ltda.
1.ª Edição - Copyright© 2024 da autora
Direitos de Edição Reservados à Editora Appris Ltda.

Nenhuma parte desta obra poderá ser utilizada indevidamente, sem estar de acordo com a Lei nº 9.610/98. Se incorreções forem encontradas, serão de exclusiva responsabilidade de seus organizadores. Foi realizado o Depósito Legal na Fundação Biblioteca Nacional, de acordo com as Leis nos 10.994, de 14/12/2004, e 12.192, de 14/01/2010.

Catalogação na Fonte
Elaborado por: Dayanne Leal Souza
Bibliotecária CRB 9/2162

G146a 2024	G. Hernandez, A. Amor, nunca mais? / A. G. Hernandez. – 1. ed. – Curitiba: Appris, 2024. 103 p. ; 21 cm.
	ISBN 978-65-250-6982-1
	1. Romance. 2. Ação. 3. Amor. I. G. Hernandez, A. II. Título.
	CDD – B869.93

Editora e Livraria Appris Ltda.
Av. Manoel Ribas, 2265 – Mercês
Curitiba/PR – CEP: 80810-002
Tel. (41) 3156 - 4731
www.editoraappris.com.br

Printed in Brazil
Impresso no Brasil

A. G. Hernandez

AMOR,
nunca mais?

Curitiba, PR
2024

FICHA TÉCNICA

EDITORIAL	Augusto V. de A. Coelho
	Sara C. de Andrade Coelho
COMITÊ EDITORIAL	Marli Caetano
	Andréa Barbosa Gouveia (UFPR)
	Edmeire C. Pereira (UFPR)
	Iraneide da Silva (UFC)
	Jacques de Lima Ferreira (UP)
SUPERVISORA EDITORIAL	Renata C. Lopes
PRODUÇÃO EDITORIAL	Daniela Nazario
REVISÃO	Débora Sauaf
DIAGRAMAÇÃO	Amélia Lopes
CAPA	Eneo Lage
REVISÃO DE PROVA	William Rodrigues

Dedico este livro ao meu esposo Paulo, por sempre me incentivar e estar presente em todos os meus momentos, amo você infinitamente.

E a todas as pessoas que passaram por minha vida, que me ensinaram a ter fé, coragem, sabedoria e perseverança, que não deixaram que eu desistisse nos momentos difíceis e nem que eu me vangloriasse nas vitórias.

Seus exemplos me fizeram ter os pés no chão e o coração nos lugares certo — na família, nos amigos e principalmente em Deus, que não nos desampara nunca.

AGRADECIMENTOS

Agradeço a Deus por me dar vida, sabedoria e inteligência, por me dar força e nunca me deixar desistir de meus sonhos e metas. Aos amigos que tenho por toda a vida e aos que conheci há pouco tempo, que me ensinaram uma nova forma de amar, o amor fraternal. Aos queridos Nádia, Kazu e Carol, por me incentivarem a realizar meu sonho. À editora Appris, na pessoa da Eliane, por acreditar em meu potencial quando nem eu acreditava. Aos meus pais e avós, que me formaram com garra, determinação e fé. Aos meus amados marido, filhos e netos, que vieram me mostrar que o amor vale a pena, que me trazem a paz quando preciso, a serenidade para enfrentar tudo e as lutas que tive que travar, obrigada por estarem sempre comigo, pois me fizeram mais forte, mas, principalmente, agradeço por compartilhar a vida com todos que amo. Obrigada!

PREFÁCIO

Nas movimentadas ruas de Los Angeles, onde cada esquina esconde segredos e cada sombra guarda histórias de vida e morte, Andrea e Nick não apenas compartilham essas aventuras, mas também são impulsionados por uma paixão intensa.

Andrea sempre foi reconhecida por sua determinação incansável e sua habilidade implacável em buscar justiça. Como tenente da Divisão Especial Criminal de Los Angeles (D.E.C.), ela enfrentava cada desafio com coragem e sabedoria. No entanto, quando o assunto era seu coração, era Nick, promotor de justiça e também membro ativo da D.E.C., quem sempre encontrava seu caminho. Juntos, não só compartilhavam o dever de proteger, mas também um amor profundo que parecia inabalável.

Andrea e Nick já dividiam o mesmo teto quando uma tragédia devastadora abalou seu relacionamento, levando Andrea a tomar a decisão mais difícil de sua vida. Ela optou, por conta própria e sem explicações, que seria melhor seguirem caminhos separados, deixando Nick devastado e perplexo.

Mas o destino conspira para reuni-los mais uma vez. Consumido pela paixão e determinado a reconquistar Andrea, Nick não desiste facilmente. Ele sabe que seu amor por ela é tão vital quanto o ar que ele respira, e está disposto a arriscar tudo para provar que podem superar qualquer obstáculo juntos.

Entre investigações complexas e o despertar de sentimentos há muito adormecidos, Andrea se vê diante de uma escolha: sucumbir ao medo do passado ou abraçar um futuro incerto e reacender seu grande amor.

Prepare-se para uma jornada emocionante e intensa, onde os limites entre dever e desejo se entrelaçam, e onde o perdão e a esperança se revelam tão poderosos quanto a justiça que ambos juraram defender. Pois, no centro desse romance, reside a crença de que o verdadeiro amor é capaz de superar tudo.

Nádia Gimenez

Amiga, empresária, bem humorada, sempre de bem com a vida, adora pets, dedica parte da sua vida a cuidar dos melhores amigos, foi a primeira pessoa a ler este livro.

SUMÁRIO

INTRODUÇÃO 13

CAPÍTULO I 15

CAPÍTULO II 20

CAPÍTULO III 24

CAPÍTULO IV 33

CAPÍTULO V 40

CAPÍTULO VI 48

CAPÍTULO VII 55

CAPÍTULO VIII 67

CAPÍTULO IX 76

CAPÍTULO X 86

CAPÍTULO XI 99

INTRODUÇÃO

Parceiros de equipe:

Andrea Cristhall – Tenente da D.E.C. (Divisão Especial Criminal de Los Angeles); divisão que investiga casos de corrupção, extorsão, mercenários em geral.

Físico: 55 kg, 1,70 m, corpo de dar inveja às outras mulheres, morena clara, olhos verdes e amendoados, cabelos castanhos claros cortados à altura dos ombros, pode-se dizer que seja bonita.

Nicolas Marschall (Nick) – Promotor de justiça, integrante ativo da D.E.C.

Físico: 70 kg, 1,80 m, moreno médio, cabelos pretos, barba serrada, olhos cor de chocolate, covinhas que se acentuam quando sorri, corpo muito bem definido, proveniente de muita corrida todos os dias, ciclismo, exercícios diários em defesa pessoal, tem por especialidade obter informações com criminosos ou informantes da cidade para chegar aos responsáveis e prendê-los. Tem muitos "amigos" que lhe são úteis, quando necessário.

Karl Benedict – Especialista em informática e robótica, "gênio da equipe".

Físico: 60 kg, 1,60 m, olhos azuis, sempre ocultos pelos óculos fundo de garrafa que usa, de descendência russa, possui cabelos ruivos e muitas sardas pelo rosto, é tímido e solitário.

Marian Stuart – Policial extraordinariamente bela e inteligente, usa sempre seus atributos físicos para se infiltrar nas quadrilhas como "namoradinha dos chefões".

Físico: 50 kg, 1,70 m, loira natural, olhos castanhos, cabelos ondulados à altura da cintura, que são mantidos bem presos, quase sempre, por um rabo de cavalo bem firme, solteira e no momento sem namorado.

CAPÍTULO I

Andrea e sua equipe estão de tocaia em um armazém abandonado, na periferia da cidade, onde está havendo uma transação ilegal de componentes eletrônicos e chips de computadores, contendo informações preciosas da fabricação de armas super potentes, um leilão de bandidos, sendo que quem pagar mais, levará todo o lote.

— Andrea, acho que está na hora de chamarmos reforços, o leilão já começou. — Disse Karl, ouvindo sons de dentro do armazém com um microfone especial em cima do prédio ao lado.

Andrea chamou a central pelo rádio, informou a posição e a situação, solicitando reforços imediatos.

— Pronto, já contatei a central, estarão aqui em alguns minutos — pegando o rádio novamente, chamou. — Nick, você está ouvindo?

— Sim, Andrea, estou na porta dos fundos do armazém, tudo está tranquilo por aqui.

— Já solicitei reforços, cuidado aí, sim!

Voltando para Karl, falou:

— Você pode ouvir a Marian?

— Sim, ouço alguns sussurros dela com o "namoradinho", ele parece nervoso com o andamento do leilão, os preços estão muito altos e ele não está conseguindo comprar nenhum lote.

— Mas ela está segura, não? — Questiona Andrea, ansiosa.

— Sim, por enquanto, mas acho melhor ela sair de lá rapidinho antes que o reforço chegue.

— Está na hora marcada para ela sair — disse Andrea.

— Espere, estou ouvindo, ela está dizendo que precisa ir ao banheiro. Ah não, ele falou para ela ficar quieta lá; ela começou a resmungar que ele não a compreende, que precisa retocar a maquiagem, garota esperta. Ele mandou ela ir ao banheiro e calar a boca. Ainda bem.

Andrea, respirando aliviada, diz:

— Estas situações sempre me deixam nervosa. Enquanto Marian não está a salvo, eu fico em pânico. Mas está na hora, olha lá o reforço chegando. — Karl e Andrea fixaram o olhar nos carros que chegavam.

Seis carros de polícia estavam chegando em silêncio para não alertar os bandidos e, mais atrás, um esquadrão da S.W.A.T. em um furgão já estava se posicionando. No armazém, pela janela do banheiro, Marian sai sem fazer ruído algum, com os sapatos de salto alto nas mãos; foi se juntar a Nick, na porta dos fundos.

Andrea deu sinal para que o prédio fosse invadido, sendo obedecida imediatamente.

Enquanto os policiais entravam no armazém, Andrea corria ao encontro das equipes de apoio. De uma porta lateral, saía Torres, o mercenário organizador do leilão que, percebendo algo errado, conseguiu sair e correr para entrar no helicóptero parado estrategicamente ao lado do armazém. Andrea, notando o movimento, correu ao seu encalço, atirando para o alto e dando voz de prisão ao bandido que, revidando a tiros, entrou no helicóptero já em movimento e fugiu. Andrea, louca de frustração, chutou um latão velho que estava ali, voltou para a porta do armazém onde os possíveis compradores da mercadoria estavam rendidos e com as mãos erguidas. Dirigindo-se ao chefe do esquadrão especial, falou:

— O bandido do Torres conseguiu fugir! Não sei como ele ficou sabendo, toda a operação foi por água abaixo, isso me deixa furiosa.

— Calma tenente, você vai pegá-lo; é só ter paciência. — Tentou consolá-la.

Dos fundos do armazém, ouvem-se tiros, e Andrea corre para lá. Nick já estava vindo com dois comparsas do Torres rendidos, um ferido e o outro nas mãos competentes de Marian, Nick se explica:

— Eles tentaram fugir e eu precisei atirar, mas foi só de raspão.

Andrea sorri de mansinho e, dirigindo-se aos bandidos, diz:

— Vocês foram largados pelo Torres, vão entregá-lo ou não?

Como nada responderam, disse aos policiais para levá-los para a delegacia, pois iria interrogá-los depois.

— Bom pessoal, o show acabou, obrigada pela colaboração de vocês, espero que tenhamos mais sorte da próxima vez.

Cada um foi para seu carro, e Andrea foi inspecionar o armazém para fazer o relatório aos seus superiores, enquanto seu pessoal guardava seus equipamentos e voltavam para a delegacia.

Na delegacia, Andrea interrogou os dois prisioneiros, que só lhe deram o endereço que se encontravam com o Torres. Mas, isso não era grande coisa, porque era provisório, com toda a certeza, e a essa altura ele já não estaria mais lá.

Os compradores do leilão foram liberados sob fiança. Só o comprador do primeiro lote foi preso, pois já havia pago e estava com a mercadoria roubada: chips de computadores de uma multinacional fabricante de armas e granadas, contendo segredos de montagens de granadas químicas.

Saiu da sala de interrogatórios e entrou na sala onde sua equipe estava reunida no maior alvoroço comentando a ação do dia:

— Ao menos conseguimos recuperar um lote e prender três bandidos, mas isso é pouco, nós estivemos muito perto, mas o escorregadio do Torres fugiu, eu só não consigo entender como ele ficou sabendo da operação. Alguém tem algum palpite? — Karl estava perguntando com a ansiedade que lhe era peculiar.

Todos se olharam, mas nada disseram, até que Marian resolveu falar:

— Antes de sair da sala do leilão, eu vi o Torres atendendo o celular, e ficou muito agitado, depois já não vi mais nada.

— Isso quer dizer que ele foi avisado sobre a operação, que supúnhamos, fosse secreta, até que chamamos o reforço. Isso nos leva a crer que temos um traidor dentro da polícia, e agora, investigaremos ou levaremos nossas suspeitas ao chefe, o que vocês acham? — Todos concordaram em informar ao chefe.

Karl falou:

— Acho muito estranho que não tenha captado com o microfone externo a conversa do Torres no celular, tem alguma coisa errada, talvez seja com o meu equipamento, eu vou verificar.

— Bom, faça isso e depois me avise. Assim posso levar um relatório bem completo ao chefe John. — Andrea, dirigindo-se a todos da equipe, diz: — Bem pessoal, o dia foi para lá de estafante, vamos para casa descansar. Até amanhã. — Despediu-se do seu pessoal.

— Até amanhã, Andrea.

— Tchau!

Andrea pegou seu casaco no encosto da cadeira, vestiu-o e foi para o estacionamento onde estava seu carro; encostado na lateral estava Nick, esperando por ela e falou:

— Pode me dar uma carona? Estou sem carro, está no conserto.

— Tudo bem Nick, entra aí.

— Posso dirigir?

— Está bem, só não vou discutir porque estou tão cansada...

CAPÍTULO II

Andrea abriu os olhos quando Nick parou o carro na garagem do prédio em que ela morava. Disse baixinho:

— Achei que eu fosse lhe dar uma carona até sua casa e não até a minha.

— É que você estava tão cansada que eu quis te trazer logo para casa, vamos subir.

— Nick, você não mora mais aqui...

— Pensa que eu não sei? Lembro disso todos os dias quando acordo e você não está ao meu lado.

— Nick... nós concordamos que seria melhor para nós dois.

— Nós não, você chegou a essa conclusão sozinha, eu só fui comunicado disso, não participei da decisão.

— Nick por favor, estamos cansados, precisamos dormir, agora não é hora de discussões, está bem?

— Tudo bem. Vamos, eu te levo até a porta e depois vou embora, prometo. — Nick sorriu e estendeu a mão direita em riste para garantir a promessa.

Andrea olhou Nick e suspirou, duvidando dessa promessa; saiu do carro e foi para o elevador com Nick logo atrás dela, apertou o décimo primeiro andar, esperou até chegar ao seu andar para falar:

— Boa noite, Nick!

— Andrea, que falta de sensibilidade a sua, não vai me convidar para entrar?

Andrea abriu a porta, entrou, foi ver se estava tudo bem lá dentro enquanto Nick se instalava no sofá, que era muito confortável. A sala, em tons de verde e marrom, decorada com muito bom gosto, sempre deu a Nick a sensação de aconchego. Nick acendeu um abajur de canto, ligou o som colocando uma música bem suave, ouviu Andrea na cozinha oferecendo algo para beber.

— Eu quero uma taça de vinho, por favor. — Respondeu ele.

Andrea voltou para a sala sem o casaco e sem a arma que sempre trazia na cintura, estava descalça, quase não se ouvia os sons de seus passos suaves, estava com os cabelos castanhos soltos, bem à vontade, entregou-lhe a taça de vinho branco e sentou no tapete da sala dizendo:

— Só essa taça e fora, Nick.

— Andrea, você acha mesmo que temos um traidor na delegacia? — Agora o tom de voz de Nick demonstrava toda a preocupação com o trabalho tão delicado, mas não escapando a Andrea a mudança de assunto propositalmente.

— Pode ser que sim, mas ainda temos muito que investigar, nossos equipamentos são obsoletos, precisamos de equipamentos novos e modernos para podermos agir com mais eficiência, vou ter uma conversa com John amanhã mesmo. Estou tão cansada que não consigo sequer raciocinar direito hoje. — Fechou os olhos por um instante.

— Andrea, você precisa relaxar — colocando a taça sobre a mesinha lateral, Nick começou a massagear a nuca de Andrea, causando uma onda elétrica e fazendo com que ela abrisse os olhos imediatamente. — Você está muito tensa, relaxe...

Andrea suspirou e deixou-se massagear por Nick, que tinha as mãos mais leves do que ela tão bem se lembrava, aquelas mãos em seu corpo, acariciando, tocando... Andrea fechou os olhos e deixou-se levar pelas lembranças que o toque daquelas mãos evocava em sua memória. Nick deitou-a de costas no tapete macio e massageou-lhe as costas, os braços. Quando começou a massagear as pernas de Andrea, ela despertou de seus devaneios e sentou-se apressada dizendo:

— Agora chega Nick, obrigada pela massagem, mas está na hora de você ir embora.

Nick protestou, dizendo:

— Andrea, me deixa passar a noite aqui, também estou cansado, não quero pedir um carro e não posso ficar com o seu carro e dirigir até em casa, eu durmo no quarto de hóspedes, juro que não te incomodo.

— Tudo bem, mas só hoje, viu? — Andrea replicou.

Os dois fecharam portas e janelas, desligaram o som e as luzes, e foram para os quartos. Ao chegar diante da porta de Andrea, Nick parou, e aproximando-se, a tomou nos braços. Andrea surpresa, abriu a boca para protestar; Nick, aproveitando-se do momento, beijou-a, invadindo sua boca carnuda com a língua, saboreando cada pedacinho doce daquela boca tão amada, deixando Andrea ofegante e surpresa. Terminando o beijo, tão depressa quanto o começou; afastou-se dela, comentando:

— Não pude resistir, boa noite Andrea, durma bem — e foi para o quarto de hóspedes, dormir. — Se é que conseguiria dormir nessa noite — pensou Nick.

Andrea fechou a porta do quarto ainda zonza pelo beijo, mas aos poucos, uma onda de revolta tomou conta de seus pensamentos, foi marchando a passos duros para o banheiro, tomou uma ducha rápida, resmungando consigo mesma: "Como Nick teve a ousadia de beijar-me daquela maneira?". Mas teve que admitir que foi muito bom. Vestiu-se com uma camisola de algodão bem confortável e entrou sob o edredom, mas, mesmo assim, sentiu falta do corpo de Nick aquecendo o seu corpo e o seu coração. Mas, sabia que havia tomado a medida correta, não podia obrigar ninguém a compartilhar a vida com ela, que estava sempre arriscando a pele em situações perigosas, se algo de ruim lhe acontecesse, não queria que ninguém sofresse, muito menos Nick, que ela amava tanto.

Mas será que tomara a decisão correta mesmo? Com essa voz interior lhe questionando, adormeceu.

CAPÍTULO III

Despertou sentindo o aroma de café recém-coado, sentou-se na cama e espreguiçou-se. Nesse momento, a porta se abriu e Nick entrou com uma bandeja nas mãos, parou ao ver tão linda cena, olhou fixamente aquela mulher que amava, se espreguiçando após uma noite de sono reparador, mas, disse apenas:

— Bom dia, bela adormecida, preparei o seu café da manhã, suco de laranja, café, torradas com geleia. Espero que goste.

— Bom dia, Nick, não precisava se dar a esse trabalho, eu mesma faria meu café, mas obrigada assim mesmo. — Pegando a bandeja, começou a comer com apetite.

— Eu não tinha ideia que uma simples camisola de algodão podia ficar tão sexy em alguém. — Nick comentou.

Andrea corou com o elogio e ficou furiosa consigo mesma, onde já se viu, uma mulher de trinta anos corar! Mudando o assunto, falou:

— E você não vai tomar café?

— Eu já tomei café enquanto preparava o seu. Vou tomar um banho para sairmos, está bem? Será que ainda tem algumas roupas minhas no armário ou você já deu para alguma instituição de caridade?

— Só não doei ainda por exclusiva falta de tempo, estão aí, na terceira porta do armário e na gaveta de baixo também — depois que indicou a gaveta, se lembrou que havia trocado de gaveta e guardado suas lingeries, mas já era tarde, ele virou-se da porta do armário com um soutien preto de renda nas mãos.

Nick sorrindo com a pequena peça de renda nas mãos, comentou:

— Não me lembro de ter essa peça em meus pertences, seria sua, por acaso?

Andrea levantou-se da cama, quase derrubando o restante de café da xícara, tirou a peça íntima da mão dele e disse:

— É claro que é minha, mudei suas roupas para outra gaveta menor, as suas estão do outro lado — mostrou a gaveta e continuou. — Acho melhor você já aproveitar e levar essas roupas também porque estão ocupando muito espaço.

Nick sorriu e saiu do quarto com algumas peças na mão, indo tomar seu banho. Enquanto Andrea se preparava para mais um dia de trabalho, vestiu-se com um conjunto de linho azul marinho, de calça e casaquinho; para completar, uma camisa de seda branca e sapatos pretos de salto baixo, não se esquecendo de sua bolsa e a inseparável arma. Penteou vigorosamente os cabelos castanhos claros, cortados em estilo moderno até a altura dos ombros, até que brilhassem, aplicou uma leve camada de batom nos lábios e, estava pronta para o que viesse no trabalho. Olhou-se mais uma vez, criticamente, no espelho e o que viu foi uma mulher atraente, de um metro de setenta de altura, os cabelos levemente ondulados e brilhantes, olhos verdes, seios pequenos e firmes, no geral, se achou muito bem, tanto física quanto profissionalmente realizada, mas no nível afetivo, como era sua vida? Sacudiu a cabeça, procurando afastar estes pensamentos que não a levariam a lugar algum, respirou fundo e saiu. Ao sair do quarto, deparou-se com Nick, que também já estava pronto, de calças jeans, camisa branca, sapato preto e um paletó esportivo nas mãos, os cabelos pretos ainda estavam úmidos do banho, seus olhos escuros brilharam ao vê-la e sorriu, acentuando a covinha de seu rosto. Andrea segurou a respiração, e foi soltando aos poucos, "como ele é lindo", pensou, mas foi Nick quem primeiro falou:

— Uau! Você está linda! Onde será o desfile?

— Deixe de brincadeiras. Se quiser vir comigo para a delegacia, vamos embora, só que dessa vez, eu dirijo. — Andrea deu um sorriso lindo e pegou as chaves do carro da mão de Nick.

— Só preciso passar antes na oficina para pegar meu carro e depois vou conversar com alguns "amigos" informantes para ver se consigo alguma pista sobre o Torres. — Nick contou, caminhando ao seu lado.

— Muito bem, te deixo na oficina e depois vou para a delegacia — falou fechando a porta do apartamento e apertando o botão do elevador.

Uma hora depois, Andrea entrava na delegacia e perguntava sobre o chefe John, sendo informada que ele estava em sua sala e procurando por ela. Dirigiu-se até a sala do chefe, batendo na porta e entrando a seguir, fechou a porta. John já começou a falar:

— Sente-se, Cristhall, já fez o relatório da ação de ontem?

— Sim chefe, aqui está — entregou o relatório, que foi lido atentamente.

— Então, você acha que temos um traidor entre nós? Aqui na delegacia? Baseada em que afirma isso? — perguntou sério o chefe.

— Foi depois que pedi reforços que o Torres recebeu o telefonema alertando-o sobre a ação e fazendo com que fugisse antes de entrarmos para pegá-lo.

— É uma acusação muito séria, Andrea. Nós sabemos que a sua responsabilidade é muito grande, sendo tenente deste setor de investigação, mas eu peço que você não exagere em suas suspeitas, estamos entendidos?

— Sim, senhor. Mas Marian viu quando Torres recebeu um telefonema e depois fugiu, mas eu não pretendo alertar ninguém sobre as minhas investigações e peço ao senhor que faça o mesmo, para que o nosso traidor não fique alerta e se esconda.

— É claro, pode contar comigo — disse o chefe. — Agora pode ir, Andrea.

— Até logo chefe! — Levantou-se e saiu, indo à sua sala, juntar-se a Karl e Marian, que já a esperavam lá.

— Bom dia! — Foi saudada pelos dois ao mesmo tempo.

— Bom dia. — Respondeu Andrea — Karl, eu falei com John e ele me deu uma requisição de compra de material, veja se compra equipamentos de primeira dessa vez, sim? — falou rispidamente Andrea.

— Certo, Andrea. Só que os equipamentos que temos foram comprados com um resto de verba, não é minha culpa.

— Eu sei, Karl, desculpe-me, sim? Está sendo uma semana difícil.

Neste instante, a porta se abriu e Nick entrou com algumas novidades.

— Meu informante diz ter ouvido que Torres fará outro leilão daqui a dois dias, pois tem pressa de vender os lotes para sair do país, pois nós o estamos cercando de todos os lados, ele conseguiu também o endereço do próximo leilão.

— Essa é uma ótima notícia, poderemos trabalhar com essas informações — disse Andrea — mas teremos que utilizar outros agentes para contato direto, não podemos nos arriscar a sermos reconhecidos por algum bandido.

Nick empertigou-se:

— Andrea, não acho isso uma boa ideia, não podemos expor vidas inocentes para prender estes bandidos, eu acho que...

— Nick, eu sei que isso te faz lembrar do que aconteceu com seu irmão Alec, mas assim como os nossos agentes, Alec também sabia do perigo que estava correndo e se arriscou em nome da justiça.

Houve um silêncio constrangedor entre todos os presentes na sala, até Nick quebrá-lo.

— Mas a justiça não impede que sejam mortos por assassinos — retrucou Nick, com o rosto contraído pelas lembranças do irmão morto a serviço da lei.

— Nick, eu sinto muito pelo Alec, também tinha nele um irmão, você bem sabe, mas este é um risco que pessoas como eu e ele corremos diariamente, e até hoje não entendo porque você se juntou a nós, nesta luta, se não concorda com o que fazemos, afinal, sua profissão é promotor de justiça e não policial de campo. E diga-se de passagem, um ótimo promotor de justiça, não pode trazer o Alec de volta com isso. — Andrea aproximou-se e acariciou o rosto tão amado de Nick e lhe disse baixinho — Nick, você não podia ter feito nada para mudar o que aconteceu, Alec se recusava a usar colete à prova de balas e nunca conseguimos fazer com que ele mudasse de ideia, sempre foi muito responsável em seu trabalho, só que era muito teimoso, fazia o que achava melhor, sempre, e no dia de sua morte, desobedeceu minhas ordens e enfrentou os traficantes sozinho, invadindo a casa, sem esperar pelos reforços, não tivemos tempo de ajudá-lo, foi baleado à queima-roupa. — Andrea suspirou alto antes de continuar. — Como você acha que me senti ao vê-lo morrendo em meus braços, me pedindo desculpas por não ter esperado, chamando por você? Eu fiquei tão transtornada quando ele deu o seu último suspiro, que saí correndo de lá e se o idiota que atirou nele já não estivesse morto eu acho que eu mesma o teria matado, fosse isso certo ou não. Agora temos que viver, olhar para a frente e pôr o maior número de bandidos no banco dos réus, para que a justiça cuide deles, pois você bem sabe que ela tarda, mas não falha.

Nick ergueu para Andrea o rosto mais sensual que ela já conhecera na vida e sorriu, tristemente, concordando com ela.

— Muito bem, vamos ao trabalho, pessoal! — Olharam ao redor, mas estavam sozinhos na sala, Karl e Marian haviam saído tão logo eles começaram a discussão, afinal, era um problema familiar. — Acho melhor nós irmos chamá-los para terminar nossa reunião.

Andrea abriu a porta e os encontrou esperando junto à mesinha de café, fez sinal e os dois se juntaram a eles. Andrea continuou:

— Bom, voltando a nossa reunião, temos dois policiais destacados para nos ajudar, só que eles só saberão da missão na hora do leilão, quando já estivermos todos juntos para não termos mais surpresas desagradáveis. Alguma pergunta? — Questionou Andrea, olhando para todos.

Marian quis saber:

— Seremos só seis pessoas para essa ação? Não estaremos em desvantagem?

— Não, o chefe já está providenciando um reforço da divisão de homicídios para nos auxiliar, vai mandá-los direto para a casa vigiada para não levantar suspeitas aqui na delegacia, ele está investigando todos os policiais que estiveram trabalhando na noite do leilão para descobrir quem nos traiu. Karl, pode ir providenciar os equipamentos agora; Marian, dê uma checada no local do próximo leilão, mas só de longe, sim? Não queremos alertá-los. Ao trabalho pessoal! — Todos despediram-se e saíram.

O dia passou tranquilamente, sem maiores incidentes. Andrea ficou na delegacia de plantão o dia todo e pôde até ir para casa mais cedo; resolveu passar antes pelo shopping do bairro para comprar alguns alimentos que estavam faltando em casa. Ao passar por uma loja de lingerie, encantou-se com um conjunto de renda que estava exposto na vitrine, entrou e pediu para experimentar; no provador da loja, olhou-se criticamente no espelho; notou que o decote do soutien valorizava seu colo, deixando seus seios mais voluptuosos, a calcinha de renda era sensual, mas mostrava que escondia, adorou o efeito geral e o comprou. A vendedora elogiou sua escolha.

— Volte sempre senhorita, aposto que seu namorado vai adorar sua roupa nova — disse a vendedora, acenando em despedida.

— Obrigada, até outro dia — disse Andrea, sem ter como corrigir o engano da vendedora.

Andrea continuou percorrendo o shopping, sem pressa. Após o passeio e as compras, foi para o estacionamento e algo lhe chamou a atenção.

— Mas, espere aí, aquele não é o policial Lewis? — Resmungou consigo mesma e, automaticamente, se escondeu atrás de um pilar do estacionamento, ficando a observar a cena suspeita. O policial Lewis foi transferido há pouco tempo do setor de tráfego urbano, era um guarda de trânsito, mas agia como se fosse o dono do setor, era orgulhoso e muito mal quisto por todos. Agora, estava no estacionamento de um shopping conversando com um dos homens do Torres, logo depois de terem descoberto a ação de invasão ao depósito; isso era uma descoberta e tanto ou uma terrível coincidência. Andrea pensou e resolveu ficar alerta ao policial Lewis, e amanhã cedo transmitir a John o que havia visto. Os dois ficaram por mais quinze minutos conversando calmamente, depois Lewis pegou seu carro e saiu do estacionamento, sendo seguido de perto pelo outro homem. Andrea seguiu-os, mas o encontro já havia mesmo terminado, pois Lewis foi para sua própria casa.

Andrea voltou para casa e achou melhor telefonar para o chefe John agora mesmo. Pegou o telefone e ligou para o número que sabia de cor.

— Boa noite, por favor Sam, John está? Sim, é Andrea quem fala, sim, estou bem e você como vai? Sim, isso é bom, eu aguardo sim, obrigada Sam.

— Pronto, Andrea, qual é o problema? — John atendeu prontamente.

— Chefe, acho que descobri o nosso traidor. Lembra do Lewis, aquele novato que foi transferido?

— Sim, aquele empoado, lembro bem.

Franzindo a testa respondeu:

— Pois é, ele mesmo, acabei de vê-lo no estacionamento de um shopping conversando com um dos homens do Torres, um dos que conseguiu fugir na batida do leilão, acho que é uma boa ideia nós ficarmos de olho nele. — Andrea contou.

— Bem que ele nunca desceu bem pela minha garganta, sempre tive o pé atrás com ele, e na noite da ação ele estava de serviço e bem pertinho do rádio transmissor, foi ele mesmo Andrea, aposto o salário do mês nisso, pegamos o safado, amanhã mesmo vou prendê-lo.

Andrea interrompeu o chefe lembrando:

— Chefe, nós temos que pegá-lo com a mão na massa, se não ele vai se livrar das acusações.

— É, eu sei, mas o que você sugere?

— Acho que temos que jogar uma isca para poder pegá-lo, temos que ter alguém na cola dele e amanhã cedo faremos com que ele "descubra" uma informação, fria é claro, e quando ele for passar para os comparsas, nós o pegamos.

— Penso ser uma boa ideia, amanhã mesmo eu ponho um dos meus melhores homens atrás do Lewis e vou mandar grampear o telefone dele; a você, resta passar a informação fria. Como você vai fazer isso? — John perguntou.

— Acho que, como sempre, vou usar a Marian, ela sempre convence. Bom, até amanhã chefe! Dê um beijo na Sam por mim. — Despediu-se Andrea.

— Boa noite Andrea — despediu-se John. — Pode deixar que eu vou beijá-la já — e desligou.

Andrea desligou o telefone, sorrindo ao lembrar do casal de amigos, bem mais velhos que ela, mas tão felizes, como todo casal deveria ser, e uma pontada de dor, tão familiar, tomou conta de seu peito solitário.

CAPÍTULO IV

Seus corpos suados entrelaçaram-se, buscando famintos o prazer completo e o alcançar do céu. De repente, ele olhou fundo em seus olhos e afastou-se bruscamente, como que fugindo de algo que o perseguisse, algo invisível mas presente, ela ficou sentada na cama olhando o vazio, até que sentiu um frio na alma, como se uma mão de gelo lhe acertasse o coração e ela gritou e gritou...

Foi assim que Andrea despertou, gritando e suando frio, esperou algum tempo até que as batidas descompassadas de seu coração se normalizassem e, aos poucos, foi se acalmando.

— Droga, outro pesadelo, já não aguento mais — resmungou Andrea, levantando-se em plena madrugada; tomou um copo de leite morno, deitou-se novamente e, após duas horas de tentativas inúteis para pegar no sono, resolveu levantar e ir até o parque, a alguns quarteirões de seu apartamento, para correr um pouco; além do mais, não demoraria muito para amanhecer mesmo.

Andrea correu algumas vezes pelas alamedas arborizadas do parque, sempre fazia isso quando tinha tempo, era algo que gostava muito; além de ser um bom exercício, lhe dava ânimo para começar o dia. Assim que o sol surgiu, Andrea voltou ao seu apartamento e preparou o café da manhã; tomou um longo banho e vestiu-se para mais um dia de trabalho.

— Hoje pegamos aquele sem vergonha do Lewis, e amanhã, o Torres e seus comparsas — assim pensando, Andrea foi para a delegacia.

Nick chegou cedo. Assim que entrou na sala, sentiu que havia algo de estranho no ar, Andrea e Marian já estavam lá, conversando baixinho.

— Bom dia! — Nick saudou-as.

— Bom dia. — Responderam as duas ao mesmo tempo.

Andrea, sorrindo para Nick, explicou o que havia ocorrido no estacionamento do shopping e o plano para pegarem o traidor. Nick, já a par dos detalhes, replicou:

— Vocês têm certeza que ele vai cair nessa?

— Esperamos que sim, só temos que tentar, e modéstia à parte, sou boa na arte de dissimular — gracejou Marian. — Falando sério agora, ele não tem porque desconfiar, John já grampeou o telefone dele, agora é comigo, hoje vou trabalhar na mesa ao lado dele, e Lewis como traidor que é, ficará de olhos e ouvidos bem abertos quando eu estiver "contando" nossa ação do dia para o meu adorável namorado pelo telefone, aí é só esperarmos que ele entre em contato com o Torres, rastreamos a ligação e pegamos o Lewis, bingo! — Levantou-se animada para pôr o plano em prática.

— Bom, falando assim parece fácil — Nick concordou. — Mas acho melhor ter alguém na cola do Lewis, para o caso de ele ir pessoalmente falar com o Torres.

— Sim, nós já temos um policial à paisana de outra divisão do lado de fora da delegacia, para qualquer emergência. — Disse Andrea. — Agora, Marian, é com você. Assuma o seu posto antes que Lewis chegue para o trabalho, e por falar em trabalho, como vai Karl com a montagem dos equipamentos novos?

— Está tudo perfeito — Marian contou. — Eu já fui até o local do leilão, de longe, é claro, e descobri uma casa que é perfeita para a vigilância, e Karl está lá instalando seus brinquedinhos novos: computadores, microfones, sensores para detectar as armas que eles estiverem usando amanhã, tudo sob controle.

— Então estamos todos no esquema, agora mãos à obra, que ficaremos aqui monitorando as ligações do Lewis — Andrea finalizou.

— Ok — despediu-se Marian, abrindo a porta e saindo.

Nick olhou para Andrea e comentou:

— O que está havendo com você, Andrea? Parece cansada e está abatida.

— Nada, só não dormi bem esta noite.

— Se eu estivesse lá a teria ocupado o resto da noite. — Gracejou Nick.

— Nick, para com isso — Andrea disse, levantando-se e olhando diretamente em seus olhos. — Isso já acabou há um ano, nós não temos mais nada.

— Andrea, eu só estava brincando, sei que você não me quer mais, já deixou isso bem claro mais de uma vez — levantando-se também, Nick a pegou pelos ombros e a encarou, mas ao se deparar com o cansaço nos límpidos olhos verdes de Andrea, esqueceu a irritação e continuou. — Eu só estou preocupado, é só. Você tem tido pesadelos novamente?

— É, já fazia tempo que não tinha esses pesadelos, mas esta noite foi terrível — A voz de Andrea estava rouca pelas lembranças do sonho erótico que estava tendo antes de se tornar um pesadelo, abaixou o rosto corando e tossiu para aliviar a garganta, afastou-se de Nick — Vamos trabalhar, sim?

— Só gostaria de saber o que aconteceu conosco Andrea, éramos felizes, vivíamos bem e, de repente, você me tirou da sua vida,

sem explicações, nem motivo, o que foi que eu fiz de errado, Andrea?
— Derrotado, Nick passou as mãos pelos cabelos, desalinhando-os.

— Não é você, sou eu! Nick, por favor, vamos esquecer, foi lindo o que tivemos, mas acabou.

— Você deixou de me amar assim, num piscar de olhos? Fale-me Andrea, olhando em meus olhos, que você não me ama mais, afinal, moramos juntos por dois anos e sempre fomos amigos, além de amantes, sempre contamos tudo um ao outro, não entendo. — Pegou as mãos de Andrea, juntou-as e beijou cada palma, olhou Andrea nos olhos e pediu — Vamos nos dar uma nova chance, sim?

— Não dá Nick, nosso tempo passou.

— Passou? É isso que tem a me dizer? Eu te amo, Andrea. — Abraçou-a e beijou como há muito tempo não fazia. Andrea ficou imóvel, mas aos poucos Nick foi abrindo caminho por seus lábios carnudos, com a língua a invadir todos os recantos escondidos da boca amada de Andrea, que não pôde mais resistir; se entregando ao beijo com volúpia, Nick sentiu sua rendição e o doce sabor da boca de Andrea, aos poucos sentindo as sensações que há muito tempo não sentia; suas mãos buscaram os seios de Andrea sob a blusa de seda, e sentiu os mamilos rijos, abraçou-a ainda mais, sentindo seu coração bater acelerado. Andrea abraçou-o, não resistindo mais à força do amor que sempre sentiu por Nick; acariciou sua nuca e os cabelos macios, sentiu o bater frenético do seu coração e mais além, outras batidas estranhas neste mundo só deles. De repente, Andrea abriu os olhos e percebeu que as batidas vinham da porta, afastou-se rapidamente de Nick e tentou se recompor antes que a porta abrisse e a telefonista da delegacia entrasse trazendo um e-mail enviado por outra delegacia com a ficha criminal do Torres que Andrea havia pedido no dia anterior. Andrea olhou para a telefonista e agradeceu mecanicamente:

AMOR, NUNCA MAIS?

— Obrigada Rose, estava mesmo esperando essas informações — Rose acenou a cabeça e saiu, sem nada dizer, mas é claro, percebendo a tensão reinante na sala.

Andrea virou-se para Nick, demonstrando toda sua irritação:

— Viu o que você fez?

— Andrea, eu não te beijei sozinho, você também me beijou e gostou, pelo que pude perceber.

— Pare com isso, olhe, não quero que você faça mais isso, ouviu? Nunca mais! — Andrea saiu, batendo a porta atrás de si.

Nick já ia atrás dela quando ouviu o transmissor funcionar com uma ligação de Lewis para Torres. Nick rastreou a ligação, conseguiu localizar o endereço, que anotou e ouviu a conversa toda dos bandidos.

— É, parece que a Marian merece um prémio afinal. — Resmungou Nick para si mesmo, levou a gravação e as anotações para John e foi procurar Andrea; localizou-a no banheiro feminino. Ao sair, Andrea estava com os olhos vermelhos, olhou para Nick, que explicou o que havia acontecido.

— Conseguimos uma ligação do Lewis, já levei para o John, mas ele quer você presente para poder fazer a prisão, mas, Andrea, ainda não terminamos nosso assunto, voltaremos a conversar mais tarde.

— Nick, nosso assunto terminou há mais de um ano — virou as costas e foi prender Lewis, que tentou negar, mas, diante das evidências, acabou confessando, dizendo que havia recebido cinco mil dólares pela ajuda que deu a Torres. Nick teve ímpetos de socar a cara dele, mas conteve-se.

— É por caras como você que bons policiais perdem a vida, isso me dá nojo — revoltou-se Nick.

John chamou dois policiais para escoltar Lewis até a cela, dizendo:

— Ele ficará confinado até o fim da missão, isto é, amanhã, nem um telefonema ele poderá dar, para que não alerte os comparsas e eles "voem para longe". Depois, poderá se comunicar com seu advogado e a justiça decidirá o seu destino.

Nick, de bom grado, falou:

— Eu terei o maior prazer em ser o promotor de justiça nesse caso.

Andrea assistiu a tudo sem nada dizer, quando Marian se juntou a eles, comentou:

— Não disse que daria tudo certo? — disse isso e saiu da delegacia sem dizer mais nada.

Marian comentou com Nick:

— O que foi que aconteceu com ela? Estava tão bem pela manhã...

— Eu acho que é a falta de amor na vida dela. — Sorriu e piscou para Marian, saindo em seguida, mas sem conseguir avistar Andrea em lugar algum.

Andrea dirigiu por muito tempo sem direção, com os vidros do carro abertos e o vento refrescando seu rosto e despenteando seus cabelos. Isso fez com que ela se acalmasse um pouco; por fim, parou à beira de uma praia, desceu do carro, sentindo o ar salgado do mar acariciando seu rosto, aliviando seu sofrimento; sentou-se na areia, sem se importar com a roupa, e chorou, chorou por Nick, chorou por si mesma, por Alec que morreu em seus braços, não sabia o que acontecera ao sentir que Alec morria em seus braços, só sabia que não queria que Nick sentisse a mesma dor que sentiu no momento em que Alec fechou os olhos para sempre. Naquela época, Nick trabalhava na promotoria estadual como promotor de justiça, e Alec fazia parte da sua equipe de trabalho; o amor fraternal que sentia por Alec se intensificou quando ele a apresentou ao seu irmão "quadrado", como ele mesmo dizia. Foi paixão à primeira vista, foi atração instantânea; em pouco tempo decidiram morar juntos, mesmo não sendo este o sonho de Andrea que, como todas as mulheres, sempre sonhou em se casar vestida de noiva, mas eles não podiam esperar, tinham pressa, quando fazia dois anos que moravam juntos, houve a morte de Alec, e isso abriu os olhos de Andrea. Já vira isso acontecer muitas vezes, o policial morto, à serviço da lei, deixando família, amigos, tudo. Ela viu o sofrimento de Nick quando soube da morte do irmão, via a dor em seus olhos até hoje, e não queria que ele sofresse de novo caso algo acontecesse com ela; foi por essa razão que havia se separado de Nick, não queria vê-lo sofrer, mesmo que para isso, ela própria tivesse seu coração dilacerado pelo amor perdido, mas a tentativa de se afastar de Nick não deu certo, porque após a morte do irmão, Nick se afastou da promotoria e se juntou à equipe de Andrea, uma ajuda preciosa, mas que deixou Andrea à beira de um ataque de nervos a cada missão que eram escalados, porque temia pela vida de Nick; não que ele fosse despreparado, ele havia sido um bom policial antes de ser promotor, mas era o medo de perdê-lo e ainda fingir que não o amava mais. Esse martírio já tinha um ano e Andrea já não aguentava mais tanta tensão acumulada. Quando voltou de seus devaneios, o sol já se punha no horizonte, formando um lindo quadro nas águas azuis da praia. Andrea levantou-se devagar, sacudiu a areia da roupa e voltou ao carro, enxugando o rosto marcado pelas lembranças tristes e lágrimas, já não havia mais tempo de voltar à delegacia e, então, foi para casa.

CAPÍTULO V

Andrea tomou um longo banho de imersão, tentando relaxar, cantarolando uma canção de amor. Terminou seu banho e foi para o quarto, enxugou-se vigorosamente e notou a sacola com a lingerie que havia comprado no shopping, resolveu vesti-la só para ver como ficava, vestiu-se e examinou-se no espelho do quarto, gostou do resultado, seu rosto fino estava corado pelo vento da tarde, seu nariz reto mas levemente arrebitado lhe dava um ar aristocrático, cercado pelos olhos verdes, levemente amendoados, seus seios sobressaíam-se pelo decote da lingerie como duas pequenas maçãs e suas curvas ressaltadas pela renda preta do conjunto, os quadris de formas arredondadas e as pernas esguias e bem torneadas, terminando nos pés delicados com o suave tom de esmalte das unhas, sorriu para si mesma, era uma mulher bonita, fez um coque frouxo nos cabelos e sorriu.

De repente, a porta se abriu lentamente e Nick surgiu, Andrea notou o brilho da paixão em seus olhos, virou-se para ele e disparou:

— O que você está fazendo no meu apartamento, sem a minha permissão, como foi que você entrou? — Enquanto falava, Andrea vestiu o robe que estava sobre a cama.

— Calma Andrea, uma pergunta de cada vez, primeiro, vim até aqui para me desculpar por hoje à tarde e fazer o jantar para nós dois; segundo, entrei com a minha chave, esqueceu que tenho a chave do "nosso apartamento"; e terceiro, mas não menos importante, você está linda, não precisava de tudo isso para mim, você já é maravilhosa sem nada mesmo.

— Quem foi que disse que é para você? Eu nem sabia que você viria aqui, além do mais eu não vou jantar, tenho um compromisso hoje. — Andrea mentiu descaradamente, só para fazê-lo ir embora.

— Compromisso, com quem? — Nick perguntou antes mesmo de raciocinar que não tinha o direito de questionar com quem ela saía, os olhos fuzilando Andrea. — Ou você está dizendo isso para me descartar? Está mentindo, Andrea? — Nick estreitou os olhos e olhou atentamente para Andrea, que endireitou os ombros e olhou nos olhos de Nick dizendo:

— É claro que não estou mentindo, se quiser ficar aqui, tudo bem, mas terá que se contentar em ficar sozinho, e agora, por favor, quer me dar licença para que eu possa terminar de me arrumar?

Nick marchou para fora do quarto e bateu fortemente a porta atrás de si.

Andrea sentou à beira da cama desanimada e pensou alto:

— E agora, Andrea, o que vai fazer? — De repente lembrou-se do convite de Janete, uma amiga que estava inaugurando hoje a exposição de seus quadros e havia lhe enviado um convite para o coquetel de lançamento — É isso aí, Andrea, você vai ao coquetel, nem que seja sozinha, Nick vai ver só.

Abriu o armário e escolheu um vestido longo de seda negra com um ramo de rosas vermelhas pintadas à mão, calçou sandálias pretas de salto alto, olhou-se no espelho e gostou do conjunto geral, maquiou-se com esmero, perfumou-se, pegou a bolsinha preta de mão e saiu do quarto, poderosa, levando junto de si o aroma inebriante de seu perfume por onde passava, percebendo com surpresa que Nick ainda estava no apartamento, mais especificamente na cozinha e fazendo o jantar, Andrea questionou irritada:

— Você ainda está aqui? Pensei que já tinha saído.

— Ué, mas você falou que se eu quisesse ficar, poderia, e eu vou ficar, e vou fazer o jantar. — Tomou um gole de vinho branco que estava em cima do balcão da cozinha e olhou para Andrea. — Não imaginei que você poderia ficar mais linda do que estava, mas vejo que me enganei, agora você está deslumbrante!

Andrea simplesmente ignorou o comentário e disse:

— Faça como quiser, só peço que depois do jantar você saia e deixe as chaves na portaria, porque não sei se vou voltar sozinha e não quero surpresas desagradáveis por aqui, ok? Até logo! — Deu as costas e saiu apressada, não notando o olhar magoado que Nick lançou às suas costas.

Nick preparou o jantar, mas perdeu todo o apetite, terminou a garrafa de vinho que tomava e abriu outra, lavou a louça que sujou, apagou a luz e foi para a sala com a garrafa de vinho para esperar Andrea voltar, não tinha pressa, poderia ficar a noite inteira, sentou-se no sofá, no escuro, e esperou.

Andrea dirigiu lentamente até a galeria onde haveria o coquetel, estacionou e desceu, iria se divertir um pouco e depois voltaria para casa. Janete a viu tão logo entrou e veio cumprimentá-la:

— Andrea, que bom que pôde vir, estou tão nervosa, não sei se os críticos gostarão do meu trabalho.

— Janete, querida, não se preocupe com isso, você é muito boa no que faz, eles vão adorar seus quadros!

— Obrigada, Andrea, foi bom ouvir isso. Venha, vamos pegar uma taça de champanhe. — Foram até a mesa para se servir da bebida espumante e canapés.

— Estão deliciosos, champanhe só uma taça, pois amanhã é um dia muito importante no trabalho e eu tenho que estar bem disposta. — Andrea comentou sorrindo, Janete olhou para a porta e disse:

— Andrea, fique à vontade e me dê licença, pois chegaram os críticos, vou até lá.

— Fique tranquila, vou dar uma volta para ver seus quadros. — Disse Andrea, apertando suavemente a mão da amiga.

Foi uma noite agradável, Andrea teve que admitir, os quadros de Janete estavam lindos, ela captava com muita suavidade a natureza, cores fortes contrastando com cores suaves. Andrea ficou encantada com um quadro que mostrava uma praia tranquila, um pôr do sol suave, enquanto na areia alguém olhava o horizonte, sem, no entanto, mostrar o rosto do observador, era só uma silhueta suave, a combinação de cores era mágica. Andrea anotou o nome do quadro e foi verificar o valor, era bem razoável, foi até o marchant para concretizar a compra, negócio fechado. Andrea pensou que ficaria lindo em sua sala de estar; contente com sua aquisição, tomou mais uma taça de champanhe e foi procurar Janete para se despedir e parabenizá-la por tão lindos quadros, encontrou-a numa roda de amigos:

— Janete, estou me despedindo, comprei uma de suas telas, que adorei. — Andrea contou a amiga.

— Qual delas, Andrea? — Janete empolgou-se.

— A "Pôr do sol no mar – solidão", achei muito suave, me senti lá no mar, já acertei tudo, a organização vai enviar a tela para meu apartamento assim que terminar a exposição, semana que vem. Estou feliz.

— Também fico feliz que você tenha gostado, Andrea.

— Bom, até qualquer dia Janete, tenho um dia cheio amanhã, tchau!

— Boa noite, Andrea, e obrigada por ter vindo.

Depois de se despedir, Andrea pegou o carro e voltou para casa, já eram onze horas, no dia seguinte era sexta-feira e eles pegariam o Torres, se Deus quisesse, e a cidade ficaria menos perigosa. Andrea assim pensando chegou em seu apartamento, abriu a porta, entrou, fechou a porta e nem acendeu a luz da sala para ir direto ao quarto, estava cansada. Subitamente, a luz do abajur lateral ao sofá acendeu-se e Nick levantou dizendo:

— Como foi seu encontro querida, foi romântico, ou foi maçante, seu companheiro veio te trazer até a porta e te deu beijos ardentes, como nós fazíamos enquanto estávamos juntos? Ou ele não foi cavalheiro o suficiente para te trazer até em casa? — sorrindo sarcasticamente.

Andrea ainda se refazendo do susto, demorou alguns instantes para responder:

— Nick, você está sendo grosseiro, você bebeu? O que faz aqui, não mandei você ir embora e deixar a chave na portaria? O que há com você? Não tem o direito de me questionar dessa maneira, saia já da minha casa. — Encaminhou-se para a porta, escancarou-a para que Nick saísse, mas, ao invés de sair, Nick aproximou-se de Andrea, fechou a porta e pôs os dois braços na parede, cercando Andrea, que não tinha como sair dali, pois além de mais alto, Nick, é claro, era mais forte que ela.

— Nick, quer parar com isso, sim? Estou cansada, por favor vá embora, amanhã teremos um dia duro.

— Está cansada por quê? Você sumiu quase o dia todo, onde foi? Foi se encontrar com este seu novo amiguinho, ou se encontrou com outra pessoa?

Andrea nem pensou no que fazia, desferiu um violento tapa no rosto de Nick, que pouco a pouco se transformou em granito de tão duro, seus olhos brilharam perigosamente e ele disse com voz baixa e rouca:

— Que bom saber que o que corre em suas veias ainda é sangue, Andrea, já não tinha certeza disso. — Dizendo isso, Nick levou a mão ao rosto vermelho do tapa. — Eu creio ter merecido isso.

— Você passou dos limites, Nick.

— Eu sei, mas eu precisava saber, fiquei preocupado o dia todo, e a noite você me dispensou por ter outro compromisso, Andrea, fiquei aqui imaginando você nos braços de outro homem e não pude ir embora, tive que esperar você chegar, quero que olhe nos meus olhos, Andrea, e me diga que não me ama mais, que não se sente mais atraída por mim. — Sacudiu Andrea pelos ombros exigindo uma resposta. — Diga, Andrea, e eu irei embora.

Andrea adoraria poder mentir para Nick, mas parecia ter um nó na garganta, não conseguiu emitir nenhum som. Nick, com um gemido, chegou mais perto e a beijou. Aos poucos ela foi se abrindo toda, se entregando ao sabor do beijo de Nick, que penetrou atrevidamente sua boca com a língua ávida, quente. Andrea gemeu feliz e abraçou Nick colando seu corpo ao dele, já não podia mais suportar a dor de não tê-lo junto a si. Nick estreitou o abraço e Andrea pôde sentir todo o desejo de Nick por ela, isso a deixou ofegante. Nick a tomou nos braços e levou-a para o quarto, que tantas noite eles compartilharam, Andrea escorregou dos braços fortes de Nick indo suavemente ao chão, continuou a beijar sua boca, acariciar seu corpo, seus seios, suas mãos desciam até a curva do quadril, depois subiam até passar os polegares nos seios arrepiados de Andrea, tirando dela suspiros de prazer. Andrea não mais podendo se conter, começou freneticamente a desabotoar a camisa de Nick, tirando-a e jogando no chão, para poder acariciar melhor o peito musculoso e a camada de pelos escuros que iam se afinando até desaparecer no cós da calça jeans surrada que ele usava. Nick ergueu o vestido e o tirou, o vestido foi se juntar à camisa de Nick, Andrea descalçou as sandálias, começou a desabotoar a calça de Nick. Os grampos que prendiam os cabelos de Andrea foram tirados um a um e foram se juntar às roupas no chão; livres dos grampos, os cabelos caíram em cascata sobre os ombros de Andrea, Nick afastou-se um pouco para tirar a calça e os sapatos e observou Andrea atentamente.

— Você é maravilhosa, muito mais linda do que os sonhos que tenho todas as noites. — Voltou a abraçá-la. Andrea já tinha os lábios inchados de tantos beijos, as faces afogueadas e um brilho no olhar que há muito não se via, estava radiante e não se permitiu pensar em nada, somente no prazer de estar novamente nos braços amados de Nick. Andrea tomou o rosto de Nick nas mãos, aproximou-se dele e o beijou, quando viu, já estavam deitados sobre a cama. Nick tirou a lingerie, acariciou os seios, agora libertos, sentiu os mamilos se arrepiarem ao contato de seus dedos e suspirou, tomando nos lábios um a um os bicos rosados, sugando com volúpia e fazendo com que Andrea gemesse alto, suas mãos desceram pelo corpo de Andrea tirando a minúscula calcinha de renda preta, ao terminar essa tarefa, havia um fio de suor em seu rosto, pois o esforço para se controlar estava sendo terrível para Nick; suas mãos puseram-se a subir pelas pernas de Andrea, parando no triângulo de pelos escuros e suaves, seus dedos penetraram no centro da feminilidade de Andrea, causando frisson pela massagem erótica que fazia, Andrea gemeu, mas não se deixou acariciar somente, queria ela também dar prazer ao seu amado, sentou-se na cama e, abaixando-se sobre Nick, retirou sua cueca e pôs-se a beijar o sexo rijo e pulsante de Nick, que gemeu alto o nome de Andrea, não podiam mais esperar, pois já esperavam há mais de um ano, por essa razão, Nick pegou Andrea pelos ombros e fez com que deitasse ao seu lado dizendo com voz rouca:

— Amor, você não imagina o quanto esperei por isso.

Andrea pôs a mão sobre a boca de Nick, fazendo-o calar-se.

— Shiii! Agora não fale, somente sinta. — Beijou-o sofregamente até que eles ficassem sem fôlego.

Nick lembrou-se que não havia trazido proteção consigo.

— Minha querida, não vim preparado, não tenho preservativo. — Disse com um meio sorriso.

— Nick, na mesinha de cabeceira ao seu lado tem alguns preservativos que ficaram aí desde que nós... — Andrea não concluiu, não era preciso. Nick apressou-se em pegar um preservativo e pediu que ela o colocasse, e o fez de bom grado. Não podendo mais se conter, Nick beijou o pescoço de Andrea que o abraçou forte e pediu:

— Nick, por favor!

Sem esperar um segundo pedido, Nick penetrou-a vagarosamente, pois queria saborear cada instante, mas Andrea começou a se mover e Nick não se conteve mais, os dois foram levados para um mundo só deles, como um caleidoscópio de formas e milhões de cores novas, seus corpos suados, se amaram com loucura, até que não mais se contendo explodiram numa onda de prazer inigualável. Pouco a pouco suas respirações voltavam ao normal e o ritmo cardíaco se normalizava, Nick beijou suavemente a boca de Andrea e disse:

— Não me lembrava de como era maravilhosa essa sensação de fazer amor com você, parece que fica melhor a cada dia. — Abraçou Andrea e, lado a lado, adormeceram.

CAPÍTULO VI

O sol da manhã entrou pelas frestas da janela despertando Nick, que abriu os olhos lentamente e procurou por Andrea na cama. Não a encontrou, ouviu o barulho do chuveiro, sorriu mansamente, imaginando-a nua sob o jato de água morna, sentiu uma poderosa onda de prazer invadi-lo levantou-se nu, e foi até o banheiro dizendo:

— Bom dia, querida, posso juntar-me a você?

Andrea sobressaltou-se ao ouvir sua voz e disse suave:

— Não acho que seja uma boa ideia, Nick, nós temos compromisso logo cedo hoje, lembra-se? Além do mais, estamos atrasados, perdi a hora.

Nick não compreendeu a frieza de Andrea, mas sabia que ela tinha razão, tinham uma missão importante para hoje e tudo tinha que dar certo. Andrea saiu do chuveiro, se enrolou em uma toalha felpuda que Nick lhe estendeu, entrou no chuveiro e tomou uma ducha rápida, quando voltou ao quarto, Andrea já terminara de se vestir, Nick comentou:

— Está mesmo com pressa, não é mesmo? — Andrea olhou-o através do espelho, mas nada comentou, penteava vigorosamente os cabelos, vestiu-se simplesmente; calça jeans, mocassim marrom, camisa bege, paletó marrom, estava linda, pensou, começando a se vestir.

— Vou preparar nosso café enquanto você termina de se vestir. Não demore. — Disse Andrea, saindo do quarto.

— Sim, senhora! — Batendo continência, sorrindo.

Andrea sorriu, mas nada comentou, foi para a cozinha, fez torradas, café e suco de laranja, já estava se servindo quando Nick entrou na cozinha, sentou-se de frente para Andrea, perguntando:

— Muito bem, Andrea, qual é o problema? Te incomoda o fato de termos feito amor?

Andrea observou-o por uns instantes em silêncio até que finalmente falou o que estava pensando desde que levantara.

— Nada mudou só porque fizemos amor, eu continuo convicta de que o melhor para nós dois é ficarmos separados, fazer amor com você foi ótimo, aliás, como sempre foi, mas é só isso, não quero ter um relacionamento com você novamente.

O semblante de Nick endureceu-se como pedra, seus olhos escureceram perigosamente e se tornaram frios como gelo, ele levantou-se e disse entre dentes:

— Vou te dar um tempo, esperar até que você tome uma decisão, mas não me faça esperar muito, Andrea, já estou perdendo a paciência e, quem sabe encontre uma mulher que admita me amar o suficiente para ficar sempre comigo. — Levantou-se bruscamente derrubando a cadeira e saiu, batendo a porta.

Andrea soltou o ar dos pulmões que, sem perceber, segurara até agora e disse para si mesma:

— Não é uma questão de admitir o meu amor, Nick, é uma questão de sobrevivência. — Seus olhos encheram-se de lágrimas, mas agora não tinha tempo para pensar nisso, tinha um dever a cumprir, levantou-se decidida e foi para a delegacia.

Burburinho geral na delegacia, todos estavam excitados pela tarefa mais importante do dia: capturar Torres. Andrea, com voz de comando, organizou o pessoal escalado para o trabalho.

— Muito bem, já sabem suas posições? Sabem que só atiraremos em último caso, não?

— Sim, tenente. — Responderam todos em uníssono.

— Já conferiram suas armas, munições, coletes à prova de balas? Cronometrar relógios. — Todos assentiram e conferiram os horários nos relógios. — Sendo assim, vamos ao trabalho, boa sorte a todos e esperem por um sinal meu para entrar, certo? Não queremos heróis ou vítimas, só uma equipe vitoriosa trabalhando unida. Vamos ao trabalho, pessoal! Que Deus nos acompanhe.

Todos os policiais destacados pelo capitão John saíram e entraram no furgão estacionado em frente à delegacia. Andrea agora se dirigiu à sua equipe:

— Pessoal, vocês já têm suas ordens! Karl está no local desde ontem observando, vou ficar com ele na casa ao lado, você Nick, ficará nos fundos, e você Marian, ficará na rua da frente à entrada principal da casa, alguma dúvida?

— Tudo está ok, Andrea. — Marian respondeu.

Nick apenas assentiu afirmativamente sem nada dizer; pegando suas armas, dirigiu-se para a porta sendo seguido por Marian e Andrea.

Chegando ao local de vigilância, Andrea juntou-se a Karl, que monitorava o movimento da casa suspeita.

— Que me diz Karl, já começaram a chegar?

— Ainda não, Andrea. Segundo o informante do Nick, está marcado para depois do almoço, portanto ainda temos bastante tempo para nos posicionarmos, nem o pessoal do Torres chegou ainda.

— Isto é muito bom. — Andrea afirmou, e ligando seu rádio transmissor, avisou as equipes restantes. — Equipes em alerta, o pessoal do Torres ainda não está aqui, todos em suas posições.

A espera foi angustiante, mais de cinco horas, mas não foi em vão, às quatorze horas, Torres e seus homens começaram a chegar com o material do contrabando, logo a seguir, os compradores começaram a chegar também, a movimentação era grande, Karl observando o monitor do computador, disse:

— Os homens do Torres estão armados de metralhadoras semiautomáticas, uma para cada homem, num total de onze armas, Torres está desarmado, os compradores também não têm armas, a agitação é grande, espere, estou ouvindo... — Pressionou o dedo no ouvido esquerdo para poder ouvir melhor. — O leilão começará agora, atenção!

Andrea avisou as equipes:

— Todos atentos que as negociações começaram!

Esperaram as vendas serem confirmadas para começarem a agir; ao comando de Andrea, todas as equipes começaram a se aproximar cuidadosamente da casa, cercando todas as janelas e portas, enquanto alguns homens ficaram em uma das casas vizinhas para dar cobertura, Marian foi se dirigindo à porta da frente como combinado, bateu à porta e pediu que alguém a ajudasse com o carro que havia quebrado ali em frente, o "gorilão" que atendeu à porta ficou muito interessado no "problema" do carro da bonitona e foi atrás dela, deixando a porta da frente aberta para ajudá-la, pelas suas belas pernas, é claro; quando chegaram ao carro, Marian deu um pontapé no baixo-ventre do infeliz, enquanto ele se contorcia de dor, aplicou-lhe um golpe de caratê na nuca, nocauteando-o, era o sinal que todos esperavam para invadir a casa, começaram a entrar todos juntos, dando voz de prisão aos bandidos, que não tiveram nem tempo de reagir. Torres, discretamente, começou a sair pela porta dos fundos, Andrea notando, foi atrás dele, os homens do Torres começaram a reagir atirando nos policiais, que não tiveram como se defender a não ser atirando também; os compradores renderam-se e foram tirados da linha de fogo, Marian acertou um dos bandidos com um tiro no ombro, impossibilitando-o de atirar mais, outros dois bandidos foram atingidos, outro levou um tiro no peito e caiu morto; os outros, estando em menor número, se renderam, largando as armas no chão. Karl chamou uma ambulância para socorrer os feridos, um dos policiais da equipe da S.W.A.T. também foi ferido e estava sangrando muito na perna esquerda. Torres, saindo pela porta dos fundos, se deparou com Nick armado esperando por ele, que tentou voltar para dentro da casa, mas Andrea estava logo atrás dele e disse:

— Renda-se, Torres, está cercado, sua carreira de "vendedor" acabou, ponha as mãos na cabeça se não quiser parar na enfermaria da penitenciária. — Torres virou-se vagarosamente para Andrea e sorriu, dizendo:

— Você é uma boneca persistente! Como foi que me achou?
— Dando um sorriso cínico, Torres questionou.

— Segredo da profissão, agora mãos na cabeça! — Torres, erguendo as mãos, rendeu-se. Andrea algemou-o antes que tivesse tempo para alguma reação, recitando seus direitos e levando-o para o carro. Andrea voltou para a casa, conferiu o material apreendido: chips, componentes eletrônicos, celulares, computadores supermodernos, havia trinta caixas com estes materiais e os policiais carregaram tudo no caminhão. Andrea passou por cada policial agradecendo a colaboração e felicitando pelo trabalho bem realizado.

Na delegacia, encontrou-se com o chefe John e relatou o ocorrido, deixando-o muito bem-humorado.

— Muito bem, Andrea, sua equipe está de parabéns!

— Obrigada chefe, foi um bom trabalho de equipe mesmo, só um dos seus homens foi ferido, mas já está no hospital e o médico que o atendeu disse que a bala já foi removida e que ele ficará bem, e logo estará novo em folha e pronto para voltar ao trabalho.

— Ótimo, sua semana foi puxada, se quiser ir para casa agora, tudo bem.

— Obrigada chefe, mas tenho que fazer o relatório ainda, depois vou para casa. Tchau! — Dizendo isso, saiu da sala de John.

Sua equipe estava reunida e todos parabenizaram Andrea assim que ela entrou, mas com um aceno de mão, Andrea os fez calar, dizendo:

— O sucesso foi de todos nós e estou muito feliz com o resultado e tenho certeza que possuo a melhor e mais competente equipe de todas, agradeço a todos por fazerem parte desta equipe; o chefe ficou tão feliz que nos deu o fim da tarde de folga, e é bom vocês irem mesmo, porque ainda não almoçaram, não é mesmo pessoal? Vão todos se divertir, até segunda-feira!

— É isso aí, vamos até o bar do Joe para comemorar, o que acham? — Karl convidou e todos se animaram. — E você Andrea, não vem também?

— Ainda não, eu tenho que terminar o relatório e depois vou para casa, estou um caco, fica para outro dia.

Todos assentiram, se despediram e saíram na maior animação. Nick deteve-se à porta, olhou fixamente para Andrea por um instante e depois saiu também sem dizer nada.

Andrea estremeceu diante do olhar frio que Nick lhe lançou, respirando fundo, sentou-se à mesa de trabalho e começou a digitar o relatório do dia, seus músculos estavam doloridos pelo esforço de sorrir, quando na verdade, o que queria era chorar, depois de uma hora digitando sem parar, terminou enfim, imprimiu o relatório, releu-o, assinou e pôs em um envelope, e o levou até a sala de John. Como ele não estava mais lá, fechou a porta e saiu, só os detetives e os policiais de plantão ainda se encontravam na delegacia, despediu-se dos colegas e foi para casa, com uma sensação de solidão, um vazio no peito, sabendo que, ao chegar, ninguém estaria esperando por ela, não haveria ninguém para lhe abraçar e aliviar suas dores, sempre se decepcionava ao voltar para casa e só encontrar o nada.

Mas fora ela mesma que decidira esta situação, não poderia reclamar e nem fraquejar, já era tarde para isso.

CAPÍTULO VII

O sábado amanheceu chuvoso, combinando muito bem com o estado de espírito de Andrea, sua autopiedade aumentava rapidamente à medida que a chuva, que caía, aumentava também; estava deitada em sua cama, sem coragem de levantar-se, fechou os olhou e tentou dormir novamente, mas, como não conseguiu, resolveu levantar-se; abriu as cortinas do quarto, olhou pelo vidro da porta-janela que dava para a sacada de seu apartamento e ficou a observar a chuva. "Como a natureza era maravilhosa", pensou.

De seu apartamento do décimo primeiro andar, dava para ver as nuvens que encobrem toda a cidade, nem as árvores do parque dava para se ver, mas era um espetáculo sem preço, ao ver a chuva, ao contrário do que esperava, Andrea animou-se, como não podia correr no parque, resolveu gastar suas energias fazendo limpeza em seu apartamento. Terminando a limpeza, fez comida para a semana toda, estocou o freezer, ligou o aparelho de som e dançou baladas antigas que adorava; quando percebeu, o dia já havia passado, continuava a chover, mas Andrea se sentia muito melhor, mais viva; resolveu ligar para sua mãe, que vivia na Flórida. Mudou-se para ter uma vida mais saudável após ter se casado com Richard, seu segundo marido; elas pouco se viam, mas estavam sempre conversando quando podiam. Após alguns toques, seu padrasto atendeu o telefone, Andrea cumprimentou-o:

— Como vai, Richard? Tudo bem? Gostaria de falar com minha mãe, ela está?

— Sim, Andrea, só um momento, vou chamá-la. — Andrea aguardou.

— Alô, como vai, filha? Quanto tempo não nos falamos, não é mesmo? Como você está, tem se alimentado bem ou só tem comido comidas congeladas? Diga a verdade para sua mãe, Andrea. — Sua mãe perguntava e não dava tempo para Andrea responder.

— Estou bem, tenho ótima saúde e me alimento bem, como a senhora bem sabe. E você, como está, mãe?

— Tirando as dores nas costas, tudo bem. Andrea, falando sério agora, e o Nick está bem? Vocês já voltaram? Sabe que ele é o homem da sua vida, não sabe?

— Mãe, já discutimos esse assunto inúmeras vezes, o Nick está bem, mais cada um no seu canto, estamos melhor assim do que juntos.

— Você ainda vai me dar razão querida, nós mulheres, precisamos de alguém que nos ame, nos faça carinho, nos faça sentir calor nas noites frias, estas coisas que você já sabe.

— Mãe! Você não precisa entrar em detalhes. — Andrea interrompeu, dando uma risada gostosa. — Estou bem sozinha e tenho cobertores bem quentinhos para o inverno e aquecimento central, se for necessário.

— Ok, já entendi o recado filha, estarei sempre aqui se você precisar falar com alguém, não se acanhe em me procurar; e este ano, filha, você virá passar alguns dias de suas férias conosco, querida?

— Estou pensando mesmo em tirar alguns dias de férias; se tudo der certo, passarei aí, mande um beijo para o Richard. Tchau, mãe, beijos. — Despediram-se e desligaram.

Andrea sentiu saudades de seu pai, que havia morrido há alguns anos; sua mãe conhecera o doutor Richard depois de alguns meses que seu pai morrera, ele cuidou de Noelle, sua mãe, numa crise de depressão, ele é médico homeopata e, depois de curada, eles tornaram-se amigos, e após três anos de amizade e algo mais, resolveram se casar e mudaram-se para a Flórida após a aposentadoria de Richard. Eram felizes, Richard era um bom marido e companheiro e amava Noelle. Andrea ficara feliz por sua mãe, mas ninguém substituiria seu pai em seu coração de filha.

O som do interfone interrompeu seus pensamentos saudosistas, atendeu-o e o porteiro lhe disse que havia uma encomenda para ela na portaria do prédio. Andrea agradeceu e disse que depois iria buscar; desligou o interfone e resolveu tomar um demorado banho de imersão, com sais perfumados; mergulhou na água quente até o pescoço, lavou os cabelos, ficou na água até que esfriasse, saiu, enxugou-se, passou creme no rosto e cabelos, já estava saindo do banheiro quando a campainha tocou, assustou-se com o toque, pois o interfone não tocara, vestiu o robe e enrolou os cabelos em uma toalha felpuda para ir ver quem estava à porta, olhou pelo olho mágico e só enxergou uma caixa, passou a corrente de proteção pela porta e entreabriu-a, deu de cara com Anne, sua irmã, abriu a porta e abraçou-a, convidando-a a entrar, mas Anne não estava sozinha, um belo rapaz com uniforme de piloto da mesma companhia aérea que Anne trabalhava como comissária de bordo sorriu timidamente para Andrea, Anne sorriu e falou:

— Este embrulho estava na portaria para você e resolvemos trazê-lo, será que nós podemos entrar?

— Claro, desculpem pelos trajes. — Andrea sorriu e cumprimentou seu acompanhante. — É que acabei de sair do banho, fiquem à vontade que vou me trocar, é só um minuto, já volto.

— Fique sossegada, Andrea, hoje nós estamos de folga, acabamos de chegar de um voo de Nova York.

Andrea trocou o robe por um conjunto de moletom azul cobalto e tênis branco de couro, penteou e secou os cabelos rapidamente e voltou à sala, dirigiu-se à irmã, dizendo:

— Fico feliz que tenha vindo, faz tempo que não nos víamos.

— É que tenho trabalhado em voos de escalas longas quase todos os dias, e quando estou de folga, tenho estado ocupada. — Corando, olhou significativamente para seu colega. Andrea captou os olhares e falou:

— Bem, Anne, você não vai me apresentar ao seu colega?

— Ah! Sim, é claro! Andrea, este é o meu noivo, Paul. Paul, esta é minha irmã, Andrea.

— Noivo? Mas eu nem sabia que você estava namorando! — Disse sem pensar Andrea que, constrangida, estendeu a mão ao rapaz. — É um prazer, Paul, ainda bem que Anne nos apresentou antes do casamento, não é mesmo? — Paul deu um risinho torto, como que se desculpando.

— É que foi tudo tão rápido, nos desculpe.

— Tudo bem, estou só brincando, vocês já jantaram? Espero que não, porque passei metade do dia cozinhando e adoraria que vocês jantassem comigo.

— Não jantamos ainda, mas não queremos dar trabalho, só viemos lhe fazer um convite. Queríamos convidar você e o Nick para serem nossos padrinhos de casamento, eu sei que vocês não estão mais juntos, mas eu gosto tanto dele, gostaria que ele também participasse da nossa alegria, se você não se importar, é claro. — Anne olhou ansiosa para a irmã, querendo sua aprovação.

— Anne, é claro que aceito ser sua madrinha e não tenho objeção nenhuma de Nick ser o padrinho, só resta saber se ele aceitará.

— Você não quer ligar para ele e pedir que venha aqui para que eu e o Paul possamos falar com ele? — Diante do rosto contrariado de Andrea, Anne perguntou. — Não vá me dizer que vocês andaram discutindo outra vez?

— É, tivemos um probleminha esta semana, mas tudo bem, eu ligo para ele. — Pegando o telefone, ligou para o número que tantas vezes discara e, sem coragem, desligara sem nada falar; depois de dois toques, Nick atendeu prontamente. — Nick, é Andrea, Anne está aqui em casa e quer falar com você, será que poderia vir até aqui, pode jantar conosco, o que acha?

— Eu não sei. — Havia indecisão em sua voz. — Não sei se estou preparado para voltar aí, você me pôs para fora da última vez, lembra? Apesar de ter adorado cada minuto da minha estada. — Nick a fez lembrar cada segundo da sua visita, com sua voz rouca e sedutora.

— Nick, você vem ou não?

— Depois deste pedido, eu não posso recusar. — Gargalhou do outro lado da linha. — Estarei aí dentro de vinte minutos, espere-me. — Dizendo isso, desligou.

— Ele vem, fiquem à vontade que vou preparar o jantar, querem beber alguma coisa? Um suco, um aperitivo? — Anne pediu um martini seco para Paul e um suco de abacaxi para ela.

— Andrea, onde posso por este embrulho que eu trouxe?

— Deixe aí no canto da porta, depois eu desembrulho. Não querem vir até a cozinha para conversarmos? — Os dois sentaram-se diante do balcão da cozinha, começaram a conversar animadamente, Andrea pediu:

— Contem-me como se conheceram e quando será o casamento?

— Nos conhecemos em um voo para o Japão. Paul, como comandante, e eu comissária de bordo, isso foi há dois anos; nos tornamos amigos e parceiros, pois éramos escalados sempre para os mesmos voos. — Anne contou, sorrindo para Paul, que continuou a narrativa.

— Até que em um voo, cheio de turbulências, nós sentimos algo diferente um pelo outro, e desde então não nos separamos mais, eu amo sua irmã, Andrea. — Os olhos azuis de Paul brilharam ao falar de seu amor por Anne, e ao fitar seus olhos, Andrea teve certeza deste amor. — Nos casaremos daqui a quinze dias, porque teremos cinco dias de folga.

— Quinze dias! Mas isso é pouco tempo, Anne, já prepararam tudo? Já avisou a mamãe? E a igreja, já marcou horário, o vestido de noiva, os convites, onde irão morar... — Agitou-se Andrea, a cabeça fervilhando.

— Calma, Andrea, calma, já está tudo arranjado, antes de virmos para cá ligamos para a mamãe, na semana que vem teremos uma escala na Flórida e vamos visitá-la para apresentar o Paul, ela ficou feliz por nós, vamos morar em Nova York, onde Paul tem um bom apartamento, mas o casamento será aqui, na nossa paróquia, pois conhecemos o padre e até já conversamos com ele, que marcou para às vinte horas do dia dezoito de abril, será uma cerimônia simples, só com nossos familiares e alguns amigos mais íntimos.

Andrea, mais calma, preparou o jantar; fez arroz branco, caçarola de legumes e camarão, salada de verduras frescas, pôs um vinho e um espumante no freezer para gelar e sentou-se para esperar o arroz ficar pronto, um barulho na sala chamou à atenção, olhou em direção à porta e viu Nick parado à soleira; cumprimentou Anne, que lhe apresentou Paul, e deu um sorriso para Andrea, que estremeceu involuntariamente ao ver como estava sexy, calça jeans preta, colando-se na pele de tão surrada, camisa branca e jaqueta de couro preta, os cabelos ainda úmidos e cheirava a mato recém-cortado, um cheiro másculo que fazia correr mais rápido o sangue nas veias de Andrea.

O jantar era simples, mas estava delicioso, a conversa agradável e animada; no final do jantar, Anne contou a Nick os planos do casamento e convidou-o para ser padrinho, Nick aceitou prontamente e todos comemoraram com o espumante. Fizeram um mutirão para deixar a cozinha limpa e foram para a sala tomar licor e café, Anne voltou-se para Andrea e perguntou:

— O que há, afinal, neste embrulho, Andrea? Deixe-me ver.

— Andrea pegou o pacote e o desfez, sabendo tratar-se do quadro que comprara na exposição de Janete. Sorrindo, explicou:

— É um quadro que comprei há alguns dias na exposição de uma amiga. — Posicionou-o em cima de um console de madeira que ficava na entrada da sala, bem em frente ao sofá. — Acho que aqui ficará ótimo, não é mesmo?

— É lindo, Andrea, tem uma luz maravilhosa, parece que estamos na praia, sentindo o ar de maresia.

— Foi justamente por essa razão que eu o comprei. — De repente, Andrea se lembrou que Nick pensava que ela, naquela noite, havia tido um encontro romântico, lembrou-se tarde demais, e apenas uma olhada de canto de olho para Nick, notou que ele havia percebido seu truque e sorria com os olhos semicerrados, fitando-a com a promessa de explicações futuras, ele pendurou o quadro no local indicado e realmente ficou muito bom; depois de algum tempo, Anne e Paul se despediram e partiram, deixando Andrea e Nick num silêncio incômodo. Andrea agitou-se e levantando, disse:

— Nick, já é tarde, estou cansada, gostaria de ficar sozinha agora.

— Mas eu não estou a fim de ir embora, pelo contrário, gostaria de dançar com você.

— Dançar? Mas está chovendo baldes de água lá fora, acha que vou querer sair com este tempo?

— Não precisamos sair, temos tudo aqui mesmo, o som, o espaço para dançar, e o principal, você. — Dizendo isso, ligou o som e uma música lenta e suave encheu o ambiente, acendeu o abajur no canto da sala, apagou a luz central, puxou Andrea para seus braços e começaram a dançar lentamente. Andrea não resistiu, deixou-se levar pela melodia da música, seu ponto fraco, adorava dançar e Nick sabia disso, dançaram por algum tempo em silêncio até que, suavemente, Nick disse:

— Sabe, na noite que passei aqui com você, enquanto fiquei sozinho, tive ímpetos de ir lá para baixo esperar você chegar só para quebrar a cara do sujeito que lhe trouxesse para casa, fiquei torturado, imaginando o que vocês estariam fazendo, poderia fazer um filme erótico com todas as cenas que imaginei, e na realidade, você estava na exposição da Janete; sabe que eu também recebi o convite? Mas não fui, não estou muito sociável ultimamente. Foi uma técnica nova de tortura que você aprendeu, Andrea?

— Não, foi só uma punição por você querer me controlar. Eu tenho vida própria, Nick, tenho o direito de ir e vir sem prestar contas a ninguém, como me garante a constituição, muito menos a você. — Dizendo isso, parou de dançar. — Já é tarde, já dançamos, agora boa noite, Nick. — Abriu a porta da saída e sorriu. — Até segunda-feira!

— Quanta sutileza, Andrea, tudo bem, já estou indo. — Inclinou-se sobre ela e lhe deu um rápido, mas excitante beijo, e foi embora, deixando um gostinho de quero mais nos lábios de Andrea, que suava frio de ansiedade.

O domingo amanheceu sem chuva, mas ainda nublado. Andrea levantou cedo, tomou café e vestiu-se para ir à missa na paróquia de St. Joseph, no bairro em que morava; o pároco era um velho conhecido, havia casado seus pais, batizado ela e a irmã Anne, fez também o segundo casamento de sua mãe, e agora iria casar Anne; via Andrea todos os domingos pela manhã, na missa. Andrea, como sempre, chegou cedo e cumprimentou alguns conhecidos, e logo o padre Joaquim veio falar-lhe, beijando-lhe as faces ternamente:

— Como vai, Andrea, está bem, como foi sua semana?

— Foi boa, padre, consegui pôr mais alguns bandidos na prisão, trabalhei bastante, mas estou feliz.

— Felicidade é algo relativo, filha, você deveria se sentir feliz fazendo o bem a alguém, não prendendo.

— Mas, padre, eles escolheram assim, eu só tento deixar as ruas mais seguras para todos nós, cidadãos de bem. — Encolhendo os ombros, Andrea defendeu-se.

— Eu sei, filha, só quero que você encontre felicidade em outras coisas também, veja o exemplo de sua irmã, quem diria, voando noite e dia conseguiu encontrar a felicidade bem ao lado dela. — Olhando por sobre os ombros de Andrea, sorriu e continuou. — Será que a sua felicidade não está também ao seu lado e você ainda não notou? Pense nisso, vou colocar você em minhas orações diárias, filha. Até depois da missa. — Deu um tapinha afável em suas mãos e afastou-se.

Andrea sentiu um calor às suas costas, voltou-se e se deparou, para sua surpresa, com Nick, que a fitava atentamente.

— Você está linda, posso me sentar ao seu lado, Andrea?

— Que está acontecendo com você, Nick? Está tentando flertar comigo?

— Não, só estou tentando fazer você entender o que o bom padre Joaquim estava querendo lhe dizer. — Pôs a mão nas costas de Andrea e a conduziu para dentro da igreja, sem deixar que ela respondesse.

Após a missa, Andrea reuniu-se com seus alunos, eram crianças órfãs, não tinham família, mas que haviam encontrado na paróquia do padre Joaquim um lar, um apoio para viver e aprender a sorrir novamente. Andrea ensinava os preceitos básicos da igreja e dava noções sobre as leis de Deus e dos homens, fazia isso com amor e se sentia feliz. Após a reunião, Andrea voltava para casa andando e pensando na conversa que tivera com o padre Joaquim, "será que ele se referiu a mim e ao Nick, não, acho que não, só quer que eu seja feliz como a Anne será, só isso".

Distraída, não notou um carro seguindo-a de perto, o carro avançou um pouco e parou, Andrea notou o carro e reconheceu o motorista, Nick.

— Olá estranha, está perdida por estas ruas desertas e perigosas? — Gracejou.

— Não, só estou passeando pelo bairro, mas papai, não se preocupe, já vou para casa. — Entrou na brincadeira.

— Falando sério agora, quer ir almoçar fora? Vou a um restaurante italiano novo.

— Acho que vou aceitar, não resisto a uma boa cozinha italiana. — Entrou no carro, afivelou o cinto e partiram.

O restaurante era aconchegante e a comida maravilhosa, dividiram uma lasanha quatro queijos e um vinho tinto; de sobremesa, uma fatia de bolo de chocolate; ao final da refeição, pediram a conta e Andrea fez questão de cumprimentar o chefe pela excelente refeição.

Qual não foi sua surpresa ao chegar à cozinha e ver que já conhecia o chefe, era Giovanni, um rapaz que há alguns anos havia se envolvido com uma gangue de rua e estava roubando carros pelas ruas da cidade; Andrea o deteve, mas sendo ele menor de idade, ficou sob a orientação do governo até completar maior idade, com acompanhamento psicológico e toda ajuda profissional que precisou; no final de sua pena alternativa, que era trabalhar na cozinha de hospitais públicos, servindo e aprendendo a respeitar a vida e as leis, era outra pessoa. Andrea ficou feliz e o cumprimentou com mais alegria ainda:

— Giovanni, que felicidade em ver que você está trabalhando honestamente e, pelo que pude perceber, você se tornou um ótimo chefe de cozinha, é bom saber que ainda encontramos algumas pessoas que se deixam seduzir pelo bem que há na vida.

— Como vai, dona Andrea? Estou contente em vê-la aqui, este restaurante foi aberto pela comunidade italiana do bairro e emprega os jovens que, já reabilitados socialmente, buscam empregos dignos e que os mantenham longe de encrencas, mas devo tudo isso à senhora e também ao Nick, que me ajudou muito.

— Feliz, o jovem cumprimentou Nick com um abraço, que estava logo atrás de Andrea.

— Isso não foi nada, Giovanni, se você não tivesse tido juízo, o que lhe aconselhei não teria servido para nada. — Nick, modesto respondeu. Andrea ficou surpresa ao saber do envolvimento de Nick com a recuperação do jovem, olhou para Nick esperando uma explicação.

— Quando você prendeu Giovanni, eu fui destacado como voluntário para orientá-lo e não deixar que ele se metesse em encrencas, todos percebiam o quanto Giovanni gostava de cozinhar e eu o incentivei a participar do curso de culinária e ele aceitou, e você viu o resultado não foi mesmo, Andrea?

— Realmente Giovanni, você fez uma ótima escolha de profissão, temos que amar tudo que fazemos. Pode ter certeza de que voltarei para experimentar outros pratos. Adeus. — Despediram-se do rapaz e foram embora.

Nick dirigiu a esmo pela orla da praia, que estava deserta devido ao mau tempo, tudo muito sossegado, não diziam nada, não havia necessidade de palavras; lentamente, parou o carro no acostamento e virou-se para Andrea, fitando-a intensamente, perguntou rapidamente:

— Andrea, você quer se casar comigo?

Andrea surpresa, segurou a respiração e foi soltando o ar dos pulmões aos poucos para se acalmar, ainda em estado de choque, respondeu:

— Nick, por que isso agora? Agora já é tarde demais, para nós não há mais tempo.

— Como não? Eu te amo, sei que você também me ama, porque não há mais tempo, qual é o problema?

— Nick, é tudo muito complicado, não posso explicar, algo se quebrou, e não sei se consigo juntar os pedaços, você tem que viver sua vida, procurar alguém que te ame, que mereça você, eu...

— Andrea, eu quero você, é você que faz minha vida ter brilho, cor, só você. — Abraçou-a e roubou-lhe um beijo, deixando-a sem fôlego. — Você ainda pode negar que me ama, Andrea? Você pode pensar o quanto você quiser, só peço que deixe o seu coração guiar os seus pensamentos. Agora vou te levar para casa. — Dirigiu sem mais uma palavra e deixou-a na porta do prédio, despedindo-se.

— Não vou mais te procurar, quando você tiver uma resposta para mim, venha me dizer, estarei esperando. Tchau! — Andrea saiu do carro e ficou parada vendo-o afastar-se, falou para si mesma:

— E agora, meu Deus, o que é que eu faço? Será que minha decisão foi correta? Como saio desta, Senhor? Me ajude.

CAPÍTULO VIII

Andrea vestiu-se com esmero na segunda-feira, um conjunto de linho marrom de calça e casaco, camisa creme, sapatos mocassim, bolsa de couro marrom, penteou os cabelos até brilharem soltos e sedosos, passou uma fina camada de batom nos lábios, um suave perfume de flores silvestres que ganhou da mãe e estava pronta para o trabalho. Tomou uma decisão, recusaria o pedido de Nick assim que o visse, e voltaria seus pensamentos somente para o trabalho, hoje começariam uma nova missão, tinha que se concentrar em fazer o melhor.

Assim que se sentou em sua mesa, recebeu um comunicado do chefe que Nick havia pedido uma semana de férias, pois teria que se ausentar da cidade.

Andrea ficou decepcionada e magoada, mas, pensando bem, era melhor assim, para que os dois refletissem melhor.

A semana transcorreu calma, o caso da semana era simples e Andrea designou Karl, Marian e o novato Bill para resolverem, não tiveram nenhum problema maior, era um caso de sabotagem de informática e eles pegaram o responsável. Bill foi transferido para sua equipe para ajudar na ausência de Nick, mas, sendo um rapaz competente, Andrea resolveu integrá-lo definitivamente à equipe.

Na sexta-feira, como sempre faziam, todos se reuniram no bar do Joe e Andrea, desta vez, não se recusou a ir, relaxar um pouco seria bom, pensou. Estavam todos em uma mesa quando Marian perguntou à Andrea:

— Você e o Nick não vão mesmo se reconciliar, Andrea? Desculpe perguntar, mas vejo vocês dois tão tristes.

— Marian, fui muito feliz com ele, mas já passou. — Olhou ao redor e viu que os homens presentes não prestavam atenção à conversa delas, continuou. — Vivi com Nick os melhores anos da minha vida, éramos felizes, mas, quando eu vi o sofrimento dele quando Alec morreu, me senti mal, responsável. Marian, ponha-se no meu lugar, trabalho no que gosto, não seria feliz em outra profissão, não posso continuar com Nick sabendo que se algo me acontecer ele vai sofrer novamente, vai ser infeliz de novo por minha causa, eu não quero que ele sofra.

— Mas Andrea, você já abriu seu coração para ele? Já discutiram sobre isso? Você tem que deixar o Nick decidir o que quer, não pode decidir por ele.

— Oh Marian, não é tão fácil assim. — Andrea terminou de tomar seu martini e levantou-se, despedindo-se dos amigos. — Bem pessoal, vou para casa, até segunda e não bebam muito, tá! — Saiu, deixando Marian a pensar o que poderia fazer para ajudar seus dois amigos.

O fim de semana foi bom e relaxante, Andrea não saiu de casa, só leu, ouviu música, e no domingo, como sempre, foi à igreja. Seus pensamentos sempre se voltavam para Nick, o que estaria fazendo, com quem estaria, divagava sobre o que Marian havia lhe dito, mas concluía que não queria discutir seus medos com Nick.

A segunda-feira chegou ensolarada, embora fria. Andrea correu pelo parque, tomou uma ducha, café rápido e vestiu-se com calça jeans, camisa azul clara e blazer azul marinho de lã, botas de cano curto preta e bolsa combinando, que era para ela uma mania, combinar sapatos e bolsas, tentando dar uma aparência descontraída; mas estava ansiosa para ver Nick, só de vê-lo já a faria sentir-se melhor, tinha certeza.

Trombou com Nick logo na entrada da delegacia, perdendo o equilíbrio, Andrea teria caído se Nick não a amparasse em seus braços fortes; a proximidade a deixou com o coração acelerado e, ao apoiar-se no peito de Nick, notou que seu coração também batia descompassado, Nick sorriu e falou:

— Bom dia! Que maneira maravilhosa de começar a semana, sentindo seu perfume e tendo você em meus braços, sou um homem de sorte!

— Bom dia para você também, Nick! Já pode me soltar, obrigada. — Ele soltou-a e ambos entraram na delegacia. — Onde esteve esses dias, foi viajar?

— Ah! Sentiu minha falta? Ficou com saudades, eu sabia! — Fitou-a intensamente e, rendendo-se, ergueu os braços ao notar o olhar irado que Andrea lhe lançou. — Tudo bem, me desculpe, sei que prometi ter paciência, vamos começar de novo, sim? Eu estive com minha mãe, ela está um pouco doente.

— Sarah está doente? O que ela tem? Porque não me disse? Posso fazer algo por ela? — Andrea preocupou-se.

— Não, calma Andrea, foi uma pneumonia, mas mamãe é forte, já está bem melhor, minha cunhada, July está com ela agora, meu irmão também, ele tirou férias e vai ficar com ela por quinze dias, agora estou mais tranquilo.

— Poxa Nick, você poderia ter me dito que Sarah estava doente, eu teria ido vê-la no final de semana. Vou ligar para ela hoje mesmo. — Andrea afirmou.

— Fico feliz com sua preocupação com minha mãe, Andrea, obrigado.

— Eu sempre gostei muito da Sarah, Nick, você sabe. Bom, agora vamos ao trabalho.

Tinham um caso complicado e perigoso que envolvia milhões de dólares, uma das mais importantes empresas de medicamentos havia solicitado sua ajuda, pois estavam sendo roubados produtos químicos usados na fabricação de calmantes e estimulantes que tanto podiam ser usados para fazer remédios como para drogas pesadas; os empresários sabiam que tinha gente de dentro ajudando a roubar, mas não sabiam quem era; seria essa a função de sua equipe, localizar o ladrão e chegar até a quadrilha de traficantes. Andrea passou o relatório aos seus companheiros e explicou a função de cada um.

— Karl, você será o mais novo contratado da empresa e trabalhará no almoxarifado por onde entram e saem os produtos; você, Marian, será secretária da diretoria para verificar se algum dos diretores está envolvido; Bill, você ficará na expedição e transportes para controlar as mercadorias; Nick será o psicólogo contratado para analisar todos os funcionários e descobrir quem é dependente químico; eu trabalharei na produção dos remédios. É isso aí, lembrem-se que nós só temos dez dias para descobrirmos o que está acontecendo, então, mãos à obra. Vamos começar hoje mesmo e, no final de cada dia, nos reuniremos para ver o que conseguimos, alguma pergunta? Ah, sim! Não poderemos demonstrar que nos conhecemos e nem irmos armados, a empresa possui detector de metais. Boa sorte a todos. — Todos entenderam suas funções e foram levantando-se para ir se apresentar aos chefes das sessões designadas.

Após o almoço, todos já estavam instalados na empresa. Depois de dois dias de trabalho, Karl percebeu algo de errado no almoxarifado, um dos empregados saía a cada trinta minutos com uma pequena caixa nas mãos e voltava sem ela; isso aconteceu durante todo o dia. No final do dia, Karl resolveu segui-lo para ver aonde ele iria, seguiu-o até a expedição, onde ele armazenava cuidadosamente as caixas em uma sala fechada e saía, sem ser visto, ou quase. Bill também já havia notado o movimento suspeito e estava de olho no rapaz. Karl voltou para sua sessão antes que ele voltasse.

Ao final do dia, todos se reuniram na delegacia para os relatórios. Marian, que estava gravando as conversas telefônicas, notou que o gerente comercial havia conversado com Striker, um dos mais perigosos mercenários da cidade, e marcaram um encontro para a segunda-feira seguinte, às nove horas da manhã, nas docas. Isso, além de ser muito suspeito, seria muito perigoso, pois as docas eram muitas e seria muito difícil encontrá-los. Os outros não tiveram nenhuma surpresa em seus postos. Após o relato, Andrea comentou:

— Bom, vamos ficar de olho no gerente, e amanhã, você fará a análise do empregado do almoxarifado, aperte-o, vamos ver se ele nos dá o serviço. Tomem cuidado, pois o Striker é muito esperto. Por hoje é só, vamos para casa, boa noite a todos! — Levantando-se, Andrea deu por encerrada a reunião, todos foram se retirando e Andrea, voltando à sua mesa, ficou ainda algum tempo digitando o relatório e depois também foi embora.

Ao chegar em casa, Andrea surpreendeu-se com o vazio que sentiu, uma sensação que aumentava em seu peito dia a dia. Tomou um banho, jantou e sentou-se para assistir um pouco de televisão; após alguns minutos, acabou cochilando; acordou sobressaltada, com um ruído que demorou a identificar, era o telefone, atendeu-o ofegante, e ouviu uma voz familiar do outro lado.

— Olá, por que está ofegante, Andrea, está acontecendo algo? Atrapalho? Tem alguém aí com você? — Nick alterou-se do outro lado da linha. — Andrea, responda! — E a única coisa que Nick ouviu foi o clic do telefone sendo desligado.

Andrea, irritada pelo atrevimento de Nick, desligou o telefone que, após dez segundos, começou a tocar novamente. Andrea atendeu já respondendo a pergunta feita anteriormente.

— Eu estou tentando responder, mas você não dá chance, o que você quer Nick?

— Você não me respondeu o que está fazendo.

— Não é da sua conta. — Disse e sorriu maliciosamente. — O que eu faço com as minhas horas vagas é problema meu, por que ligou, Nick?

— Eu vou para aí agora, Andrea.

— Não se atreva, eu já estou na cama. — Tapou a boca para não gargalhar. — Fale logo, Nick.

— Bom, acho melhor eu falar com você amanhã, boa noite!

— Espere aí, agora fale, já me tirou da cama mesmo!

— Ah, quanta gentileza! — Nick bufou do outro lado. — Já que não vou atrapalhar, eu gostaria de saber o que você está pensando em dar de presente para Anne e Paul.

— Nossa, eu me esqueci do casamento da Anne, não tenho nem ideia. Paul já tem um apartamento montado, acho que vou ligar para ela e ver o que eles precisam, depois eu te ligo, tchau.

— Mas, Andrea, você vai ligar já? Não vai atrapalhar o que estava fazendo?

— Agora você já quebrou o clima mesmo, chega de papo, amanhã nos falamos. — Desligou o telefone e caiu na risada, sem poder mais se conter, olhou para o relógio e viu que eram só oito horas e quarenta minutos, ainda dava para ligar para a Anne e foi o que fez, ligou para a irmã e esperou que ela atendesse.

— Alô? — Respondeu ao quarto toque.

— Olá! Como vai a noiva do ano?

— Andrea, que bom que ligou, estou tão atrapalhada essa semana, como as coisas ficam complicadas na semana do casamento! Estou até cansada.

— Anne eu preciso saber o que vocês querem de presente.

— Nós já temos tudo, Andrea, na verdade não precisamos de nada.

— E a lua de mel, onde vão passar? Já reservaram hotel?

— Nós podemos escolher qualquer lugar que a empresa vai pagar, mas nós queríamos mesmo é ir para um lugar isolado e bem sossegado, conhece algum lugar assim?

— Na verdade, conheço sim. Quantos dias pretendem ficar em lua de mel?

— Uma semana.

— Então está bem, vou acertar tudo e depois eu te falo, ok. Beijos, querida. — Andrea desligou e ficou eufórica, tinha o lugar ideal para Anne e Paul passarem a lua de mel. Na manhã seguinte, falaria com Nick.

A campainha tocou e foi olhar pelo olho mágico, e como suspeitava, era Nick. Ficou em dúvida se mudava de roupa ou não, afinal, estava só de roupão de banho, resolveu não se trocar e abriu a porta.

Nick olhou-a de alto a baixo, dos cabelos úmidos, o roupão branco amarrado com um cordão, os pés descalços, seus olhos brilharam perigosamente ao perguntar:

— Você está muito sedutora, é para alguém especial, ou estava me esperando? — Sorriu, mas seus olhos atentos percorreram a sala, como a procura de alguém.

— Nick, que hora inconveniente para uma visita, o que faz aqui?

— Sua voz ao telefone me fez ficar curioso, você tem alguma visita hoje, Andrea?

— Nick, eu não te dou este direito! — Olhou-o séria.

Sem se deixar intimidar, Nick foi entrando pela casa. Andrea, sem poder contê-lo, fechou a porta da sala e foi atrás dele, que só parou ao abrir a porta do quarto principal e deparar-se com a cama de casal arrumada e o quarto vazio; olhou para Andrea, sem jeito, e desculpou-se:

— Desculpe-me, não pude me conter, sua voz ao telefone me fez crer que havia alguém aqui e eu fiquei louco de ciúmes.

— Nick, eu estava dormindo quando você ligou. — Andrea sorriu e Nick percebeu a armação.

— Andrea, veja o que você faz comigo. — Aproximando-se, Nick abraçou-a e a fez sentir a extensão do desejo que sentia por ela, inclinou a cabeça e beijou-a; com uma das mãos, segurou sua cabeça e, com a outra, segurou sua cintura fina, impedindo-a de fugir dele, beijou-a com volúpia, invadindo sua boca com a língua, fazendo-a desejar mais e agarrar-se a ele ofegante, gemendo de desejo. No limite de suas resistências, Nick soltou-a e afastou-se, deixando um vazio no corpo que antes aquecia. Andrea olhou-o sem entender, Nick suspirando alto, disse:

— Eu falei que não iria mais procurá-la e acabei voltando, estou no meu limite, Andrea, e se não parar agora, não vou conseguir parar e, se você não está pronta para voltar para mim, não quero me envolver. — Virou-se decidido e saiu do quarto com Andrea logo atrás, respirando fundo para acalmar-se, mudando de assunto propositalmente e arrumando o cinto do robe:

— Falei com a Anne, eles só precisam de um lugar sossegado e isolado para passarem a lua de mel, pensei no chalé do Alec, ainda está vazio? O que você acha?

— É uma ótima ideia. Para quem quer paz e sossego, é o lugar ideal, só que está desocupado há muito tempo e precisa de uma boa limpeza.

— Isso eu posso fazer na sexta-feira, depois do trabalho, levo mantimentos para passarem a semana e limpo tudo.

— Ok, só que eu vou junto com você, lá é muito isolado e não quero você sozinha lá.

— Tudo bem. Se você vai, também vai ter que ajudar na limpeza.

— Pronto, já vai começar a exploração. — Sorriu dirigindo-se à porta, virou-se para Andrea e disse. — Vou embora, até amanhã.

— Eu preparo tudo para sexta-feira, mas, Nick, tem certeza que é uma boa ideia você ir comigo ao chalé do Alec? Não vai ser muito agradável ver as coisas dele lá.

— Eu sei, mas já está na hora de enfrentar o passado e começar a viver o futuro. — Olhou fixamente nos olhos de Andrea e despediu-se. — Boa noite, Andrea! — Saiu fechando a porta atrás de si, deixando Andrea pensando no que ele havia dito. Será que Nick estava com a razão? Tinha que fechar os olhos para seus medos e viver o futuro sem limites, sem tentar se poupar dos sofrimentos? Pela primeira vez, Andrea questionou-se se tomara a decisão certa ao separar-se dele; com esses pensamentos conflitantes, Andrea foi se deitar, mas passou a noite em claro, dúvidas e mais dúvidas surgindo em sua cabeça, sua teimosia tentando sufocar o amor que sente por Nick, a razão tentando subjugar a dúvida, o resultado foi uma tremenda dor de cabeça no dia seguinte. Ao amanhecer, obrigou-se a levantar, afinal, tinha compromissos a cumprir.

CAPÍTULO IX

A sexta-feira chegou ao fim, as investigações continuaram e os envolvidos até agora eram dois: o gerente e o rapaz do almoxarifado, este último havia sido analisado por Nick, mas o rapaz era muito esperto e não deixou escapar nada, tinham que esperar o encontro de segunda-feira mesmo.

Nick e Andrea dirigiram-se ao chalé de Alec, que realmente era uma sujeira só após um ano de abandono. Ao terminar de tirar os materiais de limpeza do carro, Andrea arregaçou as mangas e incentivou:

— Vamos Nick, relaxe, quando começarmos a limpar, as lembranças serão mais intensas. Mas seja forte, é bom lembrarmos dos que não estão mais junto a nós. — Sorrindo meigamente, Andrea o incentivou a entrar no chalé.

— Tem razão, vamos pôr mãos à obra.

Limparam o quarto, trocaram os lençóis, Nick lavou o banheiro, de onde tirou uma rã, levando os dois a darem boas gargalhadas, trabalharam num silêncio amigo, deixando as lembranças daquele lugar tão querido virem com força total em suas mentes.

Durante a semana, Nick havia pedido a ligação de água, luz e internet, estava tudo em ordem, começaram juntos a limpar a sala e a cozinha conjugadas, estava uma sujeira de dar dó, lavaram a varanda que circundava todo o chalé. Andrea abasteceu a geladeira e a despensa, testou a televisão e o aparelho de som, deixou uma garrafa de espumante na geladeira e taças de cristal em cima da mesa com um lindo arranjo de flores desidratadas e algumas velas aromáticas, já passava das onze horas da noite, mas o esforço compensara, o chalé cheirava a jasmim, estava fresco e aconchegante, bem próprio para uma lua de mel. Suspirando satisfeita, Andrea comentou:

— O que acha, Nick? Fizemos um bom trabalho, não é mesmo?

— Sim, nós sempre fazemos tudo muito bem juntos, você sabe disso. — Nick notou o brilho no olhar de Andrea, que sorriu mansamente, mas nada disse.

— Tudo pronto, Andrea, podemos ir?

— Sim. — Respondeu simplesmente, começou a recolher os objetos usados na limpeza e a levá-los para o carro. Nick a ajudou e logo terminaram, fecharam o chalé e entraram no carro, empoeirados e cansados, mas felizes.

Antes de começarem a viagem de volta, Nick disse:

— Sabe, você tinha razão quanto às lembranças. Enquanto limpávamos o chalé, sentia como se Alec estivesse aprovando o que fazíamos, ele sempre amou este lugar, adorava a solidão e, muitas vezes, ficávamos sentados na varanda, observando o pôr do sol e conversando sobre a vida, nossas alegrias e tristezas, a dor da perda parece estar mais suave agora.

— Fico feliz por você, Nick, a lembrança dos que morreram é importante para nos manter sempre ligados aos que amamos, não como uma âncora nos afundando em saudades, mas de uma forma saudável, lembrando sempre com alegria o que sentíamos ao lado desta pessoa e não ficarmos chorando ou sofrendo, isso só nos faz mal, temos que sorrir para a vida.

Nick olhou para Andrea, pegando em sua mão, disse:

— É bom conversar com você, Andrea, ouvir sua voz rouca, suas sábias palavras, sinto falta de você, da sua amizade, do seu amor...

— Eu também sinto sua falta, Nick, mas é o melhor que podemos fazer agora, por favor Nick, vamos embora? Estou cansada e precisamos dormir para estarmos bem dispostos para a celebração do casamento amanhã.

Nick ligou o carro e foram embora, depois de trinta minutos de viagem, chegaram ao prédio de Andrea, Nick deixou-a e se despediu, dizendo:

— Vou me encontrar com o pessoal para tomar uma cerveja, quer ir?

— Não, obrigada, já é tarde, até amanhã! — Acenou e entrou no prédio.

O bar do Joe estava cheio, Nick parou à porta e procurou os amigos, avistou-os numa mesa no canto do bar, dirigindo-se para lá e os cumprimentou:

— Olá, pessoal! — Dirigindo-se ao garçom pediu: — Por favor, me traga uma cerveja, vocês querem mais uma rodada, pessoal?

Karl e Bill aceitaram, mas Marian não.

— Já bebi três, é o meu limite, obrigada. E aí, como foi a limpeza do chalé, tudo bem?

— Sim, limpamos, está tudo em ordem por lá. — Tomando um gole da bebida, Nick falou à amiga. — Sabe Marian, eu amo a Andrea mais que tudo, mas não consigo quebrar o cerco que ela fez ao seu redor, não consigo chegar ao seu coração novamente, acho que a perdi para sempre.

— Nick, eu, bem, não sei se deveria contar, mas...

— O que é, Marian, o que você sabe? Ela ama outra pessoa, é isso?

— Não! Andrea te ama demais, por isso se afastou, por isso te deixou, para não te fazer sofrer.

— Marian, isso é contraditório, explique melhor, por favor, não estou entendendo nada. — A confusão nos olhos de Nick era evidente.

— Ela não quer que você sofra se algo acontecer a ela, como aconteceu com o Alec, está sofrendo sem você, mas prefere se sacrificar a ver você sofrer novamente.

— Marian, como sabe disse? — A curiosidade agora era uma urgência na voz de Nick.

— Andrea esteve aqui conosco há alguns dias e desabafou comigo, por isso hesitei tanto em te contar.

— Mas ela não me deu nem a chance de escolher, não tinha esse direito, eu quero ficar com ela, não importam os riscos. — Irritou-se Nick, sem entender as razões de Andrea.

— Ela fez o que para ela é o correto, não permitir que você sofra mais. — Marian tentou fazê-lo entender.

— Essa conversa me deu dor de cabeça, Marian, vou para casa pensar em tudo o que você me disse, tchau pessoal! — Levantou-se, pagou a conta e saiu.

Dirigiu até a sua casa pensando em não deixar Andrea desistir, iria fazer com que ela precisasse dele, aonde quer que ela fosse, ele também iria, sorriu imaginando como Andrea reagiria.

O sábado amanheceu ensolarado, Andrea acordou bem disposta e alegre, afinal, aquele seria o grande dia de Anne. Os preparativos do casamento já haviam sido feitos, a primeira providência de Andrea ao levantar-se foi enviar aos noivos uma cesta de café da manhã em comemoração ao casamento; logo após, começou a se cuidar, pois queria estar linda. Foi ao shopping comprar uma roupa nova; enquanto observava as vitrines, encantou-se com um vestido longo em crepe verde-oliva com uma abertura lateral, o corpete era justo em renda verde com um só ombro, e a saia caía como cascatas, e completando o conjunto, um casaquinho de renda. Decidiu-se por ele; entrando na loja, pediu à vendedora que lhe trouxesse um no seu manequim para que experimentasse; ao vesti-lo, achou que caiu como uma luva. Comprou também uma lingerie na mesma cor do vestido.

Com a roupa resolvida, passou a procurar um par de sapatos que valorizasse ainda mais seu look, entrou em uma loja de calçados e experimentou um sapato scarpin em camurça verde e uma bolsa combinando, iria ficar bem, olhou no relógio e espantou-se com a hora.

Mas tranquilizou-se, pois, só faltava agora o cabelo e maquiagem, entrou no salão do shopping e entregou-se às mãos competentes dos profissionais que ali estavam, o seu cabelo foi cortado, e como penteado, foi feito um coque alto deixando apenas alguns fios soltos ao redor do rosto, uma maquiagem leve que realçava os olhos verdes, serviço de manicure e pedicure e estava pronta para arrasar, adorou o resultado.

Foi para casa carregada de sacolas, mas satisfeita. Ao chegar em casa, tomou um longo banho de imersão com sais aromáticos, cuidando apenas para não estragar a maquiagem e o cabelo, secou-se e foi aprontar-se. Vestiu a lingerie nova e olhou-se no espelho, falando para si mesma:

— Nick adoraria essa lingerie, diria que combina perfeitamente com meus olhos. Ah! Mas que bobagem, Andrea pare com isso. — Repreendeu-se.

Pôs um colar de pérolas e brincos combinando, as joias foram presente de Nick, mas hoje não poderia deixar de usá-las, pois ficariam lindas com a roupa que havia comprado, calçou meias de seda, vestiu-se, e finalmente calçou os sapatos; retocou o batom e olhou o resultado final no espelho, estava ótima. Anne sentiria orgulho de sua irmã; colocou uma gotinha de perfume atrás de cada orelha e pronta, afinal. Olhou o relógio da cabeceira e exclamou:

— Bem na hora! Nick deve chegar a qualquer momento. — Eles haviam combinado de irem juntos já que eram os padrinhos; nesse momento, a campainha tocou.

— Pontual, como sempre!

Saiu do quarto e foi para a sala, abriu a porta e ficou de boca aberta ao fitar Nick que estava deslumbrante num terno verde em um tom mais escuro que as roupas de Andrea, não se contendo disse:

— Puxa! Se tivéssemos combinado não daria tão certo, você está muito elegante! — Elogiou-o alegremente.

— Andrea, você está maravilhosa, tem certeza que é sua irmã que vai se casar hoje? Não quer mudar de ideia e se casar também?

— Nick, não brinque! Vamos porque não podemos nos atrasar, afinal, somos os padrinhos, não é?

Saíram fechando a porta.

O caminho até a igreja era curto e logo chegaram. Paul já estava lá, seus pais também, para surpresa de Andrea, sua mãe e o marido vieram para a cerimônia, foram cumprimentá-los.

— Mamãe, que bom que puderam vir. Por que não foram até em casa? — Beijou as faces da mãe e de seu padrasto.

— Andrea, querida, nós fomos lá, mas o porteiro nos disse que você havia saído cedo e ainda não retornara, e seu celular só dava caixa postal.

— Realmente eu passei o dia todo fora, estava me cuidando um pouco. — Rodopiando para a mãe observar o resultado. — E o celular ficou sem bateria, desculpem.

— Devo confessar que valeu a pena, não é Nick? — Nick sorriu e piscou para Noelle, que o beijou como a um filho ao cumprimentá-lo.

— Como vai você, querido, tudo bem?

— Sim e com vocês, tudo em ordem, como vai Richard? — Cumprimentou com um aperto de mão o marido de Noelle.

— Tudo bem, Nick. — Respondeu Richard.

— Pessoal, e a Anne, já chegou? — Andrea perguntou, olhando de longe a aflição de Paul, que andava de um lado ao outro do altar da igreja.

— Ela já vem, está só um pouquinho atrasada, mas isso é normal. — Noelle sorriu.

— Vamos para o altar para tranquilizarmos Paul. — Andrea disse. — Veja só o estado que ele está!

Foram ao altar ocupar os seus lugares. Paul se aproximou do grupo que de agora em diante seria sua família também e, enxugando o rosto suado com o lenço, perguntou:

— Me digam que a Anne já chegou, por favor!

Noelle apertou o ombro do futuro genro e o tranquilizou:

— Paul, a Anne já está chegando. — Olhando para o marido e disse: — Richard entrará com ela e a trará até o altar.

Andrea assentiu, padre Joaquim entrou no altar, este era o sinal de que Anne já havia chegado, Paul suspirou aliviado.

— Andrea, querida, você está linda. Nick, tome conta dessa mocinha, a igreja está cheia de solteiros à procura de alguém para amar. — O padre Joaquim sorrindo, piscou para Nick que, automaticamente, passou a mão possessiva ao redor da cintura de Andrea, que o olhou atravessado e respondendo ao padre, também sorrindo:

— Eu cuido de mim mesma, padre, e os solteiros estão à salvo, pois não estou interessada. — A música começou a tocar, iniciando a cerimônia, impedindo Nick de responder à provocação de Andrea.

Richard acompanhou Anne, que estava lindíssima em um vestido de renda branca com uma calda, um arranjo de flores naturais emoldurando os cabelos e um bouquet de rosas brancas, também naturais, nas mãos trêmulas, mas o sorriso de felicidade nos lábios de Paul amenizaram os nervos de Anne, que ficou mais calma.

A cerimônia realizada pelo padre Joaquim foi linda, os convidados ficaram emocionados. Andrea, ao final da cerimônia, enxugou furtivamente as lágrimas que teimavam em cair de seus olhos com um lenço que Nick discretamente lhe entregou e notou que sua mãe também estava muito emocionada.

O beijo dos noivos foi o final da cerimônia e o padre Joaquim informou aos convidados presentes que os noivos receberiam os cumprimentos no salão nos fundos da igreja.

Anne e Paul vieram cumprimentar os padrinhos, Andrea abraçando a irmã, disse:

— Anne, desejo toda a felicidade do mundo para vocês — beijou a irmã e Paul.

— Andrea, quero muito que você também encontre a felicidade. — Olhou para os dois e juntou suas mãos dizendo: — A felicidade está em fazer feliz a quem se ama. — Sorriu e afastou-se com o marido para cumprimentar a mãe e o padrasto.

Nick, emocionado, olhou para Andrea, que sorriu mansamente, mas nada disse. Ante o silêncio de Andrea, Nick manifestou-se:

— Nós sabemos que não seremos felizes um sem o outro, Andrea, por favor, seja razoável e case comigo, se algo me acontecer, como se sentirá pelo resto de sua vida, sabendo que não pôde ser feliz só por causa desse teu orgulho e que não dá mais para ser feliz?

— Nick, não diga bobagens, nada vai te acontecer, por favor, vamos para a recepção, devem estar nos esperando.

O jantar estava delicioso, o serviço de buffet estava perfeito. Após a distribuição do bolo que os noivos fizeram questão de distribuir, todos brindaram à felicidade do casal. Anne informou às interessadas que iria jogar o bouquet. Noelle empurrou suavemente Andrea para que também se juntasse às solteiras candidatas a pegarem o bouquet da noiva, embora a contragosto, Andrea juntou-se a elas, e qual não foi sua surpresa ao ser ela mesma a pegar o bouquet de Anne, que ficou radiante ao dizer que a sua irmã seria a próxima a se casar. Andrea corou, Nick correu até onde Andrea estava e apressou-se em dizer em alto e bom som:

— E o noivo serei eu! Os outros interessados podem cair fora. — Andrea lhe deu uma cotovelada nada discreta e saiu pisando duro, causando risos em todos os convidados.

A festa estava ótima, mas chegou ao fim, os convidados foram se retirando, Nick entregou as chaves e a localização do chalé para os noivos, que saíram do salão, direto para a lua de mel, com diversas latinhas amarradas ao para-choques do carro ao estilo recém-casados, acenando para todos.

Andrea despediu-se da mãe e de Richard e pediu que Nick a levasse embora.

Ao chegar em frente ao seu prédio, Nick convidou-se para subir para um café.

— Nick, não acho uma boa ideia, estou cansada, precisamos descansar, e além do mais, não tenho café em casa.

— Tudo bem, você tem razão, me dê um beijo de boa noite a vá dormir. — Deu um daqueles sorrisos charmosos que formam covinhas lindas em seu rosto e que conseguem derreter até pedra. Andrea engolindo seco, aceitou o beijo.

Nick aproximou os lábios de Andrea e o beijo suave, quase uma carícia, agradou Andrea; ao perceber o consentimento, Nick intensificou o beijo, penetrando com sua língua a boca de sua bem amada, que resistiu ao início, tentando interromper o beijo, mas pouco a pouco foi se entregando ao prazer que os lábios quentes de Nick lhe proporcionavam. Ao separarem-se, Andrea estava sem fôlego e com o rosto corado, Nick aproximou-se para outro beijo, mas Andrea pôs as mãos firmemente em seu peito impedindo-o de aproximar-se. Sorrindo, disse:

— Agora chega, senhor sabidinho, já teve o seu beijo de boa noite, adeus Nick.

— Boa noite, Andrea, durma bem. — Sorriu e deu uma piscadela, mesmo se sentindo o mais frustrado dos homens.

Andrea desceu do carro e acenou, entrando no prédio Nick aguardou que ela fechasse a porta de vidro e só depois partiu, falando consigo mesmo:

— Logo, meu amor, você vai se atirar em meus braços e compreender que só juntos seremos felizes.

Andrea deitou-se após um banho rápido e dormiu imediatamente, num sono pesado.

Andrea corria, suava muito e chorava sem saber por quê.

Chegou à beira de um precipício e olhou horrorizada para baixo, viu alguém caído nas pedras, mas Andrea não pôde ver quem era; de repente, escorregou e caiu também, gritou assustada e... acordou.

— Droga, outra vez. — Acendeu o abajur ao lado da cama e tentou dormir, foi difícil, mas conseguiu.

Acordou no domingo com dor de cabeça, tomou um analgésico, foi à igreja, almoçou em casa mesmo o que tinha no freezer e passou o restante do domingo lendo e descansando, dormiu cedo para compensar a noite anterior, teria uma semana agitada.

Levantou ao soar o despertador e foi tomar uma ducha, após se trocar, preparou seu café e o tomou assistindo ao noticiário matinal pela TV, mas já estava pensando em como seria cheio o seu dia.

CAPÍTULO X

— Ele está atrasado! — Disse Andrea ao olhar o relógio pela terceira vez. — Será que aconteceu algo? — Perguntou aflita.

— Calma, Andrea, deve ser o trânsito. — Tentou acalmá-la Marian, que junto com a equipe de trabalho se preparava para a ação nas docas, todos estavam vestindo os coletes à prova de balas, checando as armas e munições, bombas de efeito moral; ao todo, seriam vinte e dois policiais envolvidos na atividade.

— Tudo pronto, pessoal? — Andrea olhou ao redor. — Todos estão com coletes? Partiremos em quinze minutos, já são seis e quarenta e cinco, vamos acertar os relógios.

Neste momento, a porta do vestiário se abriu e Nick entrou correndo, pedindo desculpas pelo atraso.

— Desculpem, pessoal, mas o pneu do carro furou e não teve como vir sem trocá-lo.

— Tudo bem, Nick. — Andrea respondeu sem encará-lo, e para a equipe: — Sairemos em treze minutos. — Consultou o relógio. — Preparem-se! — Só após passar as ordens aos homens, Andrea conseguiu olhar disfarçadamente para Nick e esse foi seu erro, pois ele estava maravilhoso. Andrea o devorou com os olhos, pois ele estava de jeans justo e gasto, que se moldava perfeitamente em suas belas pernas e traseiro, jaqueta de moletom preto, os cabelos úmidos, enfim, estava lindo.

Andrea respirou fundo e virou as costas, indo conferir suas armas, acertou o colete, vestiu a jaqueta jeans por cima e começou a repassar o plano com o pessoal. Depois de tudo repassado, informou:

— Tá na hora turma, vamos lá!

Foram todos para as docas.

— Todos a postos? — Andrea indagou acionando seu rádio de comunicação. — Setores um, dois, três, tudo ok?

— Setor um, ok, todos a postos, sem movimentação ainda.

— Setor dois, ok, nem uma mosca passa por aqui sem que nós percebamos, chefe.

— Setor três, tudo sob controle.

Andrea curvou-se sobre o computador de Karl, observando a movimentação do galpão abandonado onde seria o encontro.

— Karl, tudo em paz por aí?

— Sim, até agora.

— Karl, não sei, mas tenho um mal pressentimento, estou sentindo um arrepio na nuca, parece que estou esquecendo algo, tive um pesadelo horrível noite passada, acho que ainda estou impressionada por ele.

— Calma, Andrea, está tudo bem, fica fria! Opa, lá vem dois carros se aproximando.

— Atenção, pessoal! — Andrea avisou a todos. — A seus postos, Nick está ouvindo?

— Sim, já os vi, deste lado vem outro carro com o nosso gerente dentro, acabou de passar por aqui.

— Karl, pode começar a gravação, estão entrando.

Striker e mais cinco capangas entraram no galpão sendo seguidos de perto pelo gerente, Karl informou Andrea que os capangas estavam armados com fuzis AR-15; gravando a conversa, Karl notou movimentação suspeita ao redor do galpão, mais três carros se aproximaram, mais nove homens armados saíram destes carros.

— Opa! Andrea, a coisa não tá boa, esses caras são novos e parece que vai sair confusão. — Karl agitou-se.

— Atenção todos os setores, cuidado, mais gente no pedaço, vamos esperar eles entrarem e, ao meu sinal, nós invadimos, ok! — Andrea comandou.

O grupo novo que chegou era de compradores concorrentes de Striker e ofereceram mais dinheiro para o gerente para ficarem com a mercadoria, deixando o homem no meio da linha de fogo, entre os dois grupos rivais.

— Em cinco minutos nós entramos, pessoal. Nick, você fica onde está, na porta dos fundos, para evitar qualquer fuga.

— Tudo bem, Andrea, cuidado aí! Desligando.

De repente, ouviram tiros dentro do galpão.

— Karl, o que aconteceu?

Karl pelo monitor do computador viu que os dois grupos oponentes estavam se enfrentando, o primeiro a ser baleado foi o gerente, que estava bem no meio, mais dois homens caíram, Karl avisou:

— Andrea, é melhor entrarmos para parar com a matança.

Andrea pegou o rádio e ordenou:

— Vamos lá pessoal, dois estão feridos, a prioridade é prendê-los, só atirem se não tiver outra alternativa.

Andrea levantou-se e foi à ação também.

Os policiais invadiram o local, deram voz de prisão a todos, mas a resposta foi mais tiros.

— Andrea, está me ouvindo? — Karl perguntou através do fone. — Striker está saindo pelos fundos, está armado, cuidado!

— Tudo bem, Karl, estou indo para lá. Nick está posicionado também.

Andrea aproximou-se sorrateiramente pela lateral do galpão, imune a agitação de dentro, sacou sua arma e entrou em contato com Nick através do rádio:

— Nick, Striker está tentando fugir pelos fundos, fique atento ouviu?

— Está bem, Andrea, eu pego ele, e depois espero você para me dizer que aceita meu pedido de casamento. — Deu uma risada e desligou o rádio.

Andrea furiosa, pois sabia que todos os policiais ouviram as palavras de Nick, continuou a ir para os fundos, notou silêncio absoluto, de repente ouviu tiros e correu até a porta, deparou-se com Striker caído morto ao pé da porta, suspirou aliviada, olhou ao redor e gritou em desespero ao ver o corpo de Nick imóvel todo ensanguentado e inconsciente.

— Nick, pelo amor de Deus, fale comigo. — Mediu a pulsação e não sentiu nada, pediu uma ambulância pelo rádio, ao tentar localizar o ferimento, notou horrorizada que Nick estava sem o colete à prova de balas. — Como você pôde? — Perguntou sem obter resposta. — Nick, aguente firme, eles já vêm. — O ferimento foi no peito, perto do coração e estava sangrando muito.

O som do rádio a tirou da letargia que tomava conta de seu corpo.

— Andrea, é Marian, está na escuta?

— Sim, fale Marian.

— Os homens foram detidos, três deles estão mortos e um ferido, temos um policial ferido de raspão no braço, pegaram Striker?

— Sim, está morto, mas ele acertou Nick, Marian, ele está mal, estava sem colete, Marian, ele está sangrando muito. — Começou a chorar desesperadamente, não conseguindo mais se conter.

— Calma, Andrea, a ambulância já está chegando, estou ouvindo a sirene, vou para aí com você.

— Não Marian, por favor, conduza a prisão destes caras, eu vou para o hospital com o Nick, avise o chefe John por favor.

— Claro, tudo bem.

A ambulância chegou e os paramédicos prestaram os procedimentos de emergência para salvar a vida de Nick, avisando, contudo, que o seu estado era muito grave, a bala se alojara na cavidade do coração, lugar de difícil acesso.

Andrea seguia na ambulância segurando a mão de Nick, chorando e pedindo a Deus que não o deixasse morrer.

A alguns quarteirões do hospital, as pulsações cardíacas de Nick baixaram perigosamente e ele teve uma parada cardíaca, os paramédicos usaram o desfibrilador e os batimentos voltaram, fracos, mas voltaram.

Ao chegar ao hospital tudo se tornou confuso, Andrea teve que preencher fichas e mais fichas e perdeu a noção de onde ele havia sido levado, soube através de uma enfermeira que foi levado à sala de cirurgia de emergência e que estavam preparando-o para a remoção da bala, restou a Andrea apenas rezar e esperar.

Três horas se passaram, Andrea estava desesperada sem notícias, andava pelo corredor, em busca de informações, mas sem obter sucesso algum. Karl, entrando na sala de espera, veio até Andrea querendo saber notícias.

— Não sei de nada, Karl, eles não me dizem nada, estou louca de preocupação.

Passados mais trinta minutos, o médico que realizou a cirurgia veio procurar por Andrea.

— Senhorita, sou o doutor Carter, nós conseguimos, depois de muito risco, retirar a bala que estava alojada na cavidade do coração, mas o senhor Marschall perdeu muito sangue e a bala causou sérios danos ao coração. No momento, ele se encontra na unidade de terapia intensiva para observação por vinte e quatro horas, mas o estado dele é grave, apenas após as primeiras vinte e quatro horas saberemos como ele reagirá à operação, por enquanto, só podemos esperar.

— Doutor, posso vê-lo, falar com ele? — Andrea, pálida e com os olhos avermelhados, esperava ansiosa pela resposta do médico.

— Senhorita, ele está em coma na UTI, não é permitida a permanência de visitas, mas eu posso deixá-la vê-lo por cinco minutos.

— O doutor disse que ele está em coma? Mas isso é muito sério, está me dizendo toda a verdade? Há algo mais que eu deva saber, por favor não me esconda nada!

— Veja bem, como eu disse, as primeiras vinte e quatro horas são primordiais, o fato dele se encontrar em estado de coma é uma defesa do organismo contra a infecção causada pelo ferimento.

— Por favor, doutor, me leve até ele, sim?

— Está bem, vamos.

As paredes brancas do corredor pareciam fechar-se ao redor de Andrea, causando-lhe uma sensação de sufocamento; sentindo uma forte tontura, Andrea apoiou-se na parede e ouviu a voz preocupada do médico.

— A senhorita está bem? É melhor sentar-se um pouco neste banco. — E dirigindo-se à enfermeira no balcão, pediu:

— Por favor, me traga um pouco de água, sim?

— Eu estou bem doutor, foi só uma tontura. — Afirmou Andrea, louca que estava para ver Nick.

— Calma, beba essa água, respire fundo, abaixe a cabeça entre os joelhos, a tontura logo passará, seu corpo está protestando por tanta tensão sofrida nas últimas horas, agora obedeça, abaixe a cabeça. — Empurrou gentilmente a cabeça de Andrea até encostá-la nos joelhos e pediu para que ela respirasse bem fundo, várias vezes; após alguns minutos, Andrea sentiu-se melhor.

— Estou melhor, obrigada doutor, podemos vê-lo agora? Por favor?

— Ele é seu marido, filha?

— Não, mas ele é o homem que eu amo, doutor.

— Muito bem, vamos vê-lo, então.

Levantaram-se e foram até a UTI Andrea precisou passar por uma sala esterilizada e vestir roupas especiais; pelo vidro, ela viu Nick com tubos de oxigênio e ligado a aparelhos que mediam seus batimentos cardíacos, sua pressão arterial e mais uma infinidade de aparelhos que Andrea não tinham ideia para que serviam, só sabia que eles estavam ajudando o seu Nick a ficar vivo, um soro ligado à sua veia, tudo, enfim, o tornava muito frágil.

Ao entrar e aproximar-se da cama, Andrea notou a palidez em que Nick se encontrava, o ritmo cardíaco era fraco, quase não se notava a respiração, tão fraca estava, o aspecto de Nick não era nada animador, deixando Andrea mais desesperada ainda. Andrea sentiu que estava perdendo Nick para a morte e isso a estava deixando fraca e em desespero. Buscou a mão de Nick e, fechando os olhos, pediu em prece que Deus não lhe tirasse Nick, que não permitisse que ele sofresse tanto, que ficasse bom logo; duas lágrimas silenciosas correram nas faces cansadas de Andrea que, sem forças, sussurrou:

— Nick, sou eu, por favor, reaja, eu te amo, não vou suportar viver sem você. — Sem obter resposta alguma, Andrea esperou até que o médico viesse tirá-la da UTI.

— Amanhã ele irá para o quarto aí a senhorita poderá ficar com ele o tempo que quiser, agora não é possível, ele precisará de cuidados da UTI para se recuperar.

Andrea juntou-se a Karl e, desabando sobre o sofá, chorou. Karl veio em seu consolo e a abraçou.

— Karl, eu sabia que algo iria acontecer, eu te disse que tinha um pressentimento ruim, não disse? Ele chegou atrasado e não vestiu o colete, como eu não percebi antes, Karl, a culpa é minha, ele não podia ter ido sem o colete.

— Calma, Andrea, a culpa não é de ninguém, aconteceu somente, poderia ser você ou eu, Nick vai ficar bom, tenha fé.

Andrea descansou a cabeça no peito de Karl e se deixou embalar como criança, foi se acalmando aos poucos.

Algum tempo depois, ouviu-se um burburinho no corredor e Andrea avistou a mãe de Nick, Sarah, o irmão Joe e sua esposa July. Entraram na sala de espera, Sarah sentou-se ao lado de Andrea e a abraçou forte, chorando sem parar.

— Andrea, onde está meu filho, ele está bem, filha, posso vê-lo?

— Calma, Sarah, ele está na UTI e nós não podemos vê-lo. Vou pedir ao médico que deixe você vê-lo ao menos por alguns minutos, está bem?

— Eu... Sim, por favor, querida.

— Karl, será que você poderia procurar o doutor Carter e trazê-lo até aqui, por favor?

— Claro, já volto. — Levantou-se e saiu.

July sentou-se no braço do sofá e perguntou como foi que acontecera o tiro, Andrea explicou tudo e, virando-se para Sarah, desculpou-se:

— A culpa foi minha, Sarah. Nick chegou atrasado e não vestiu o colete, eu tinha que ter visto, ele sabe que não pode ficar sem colete.

— Shiii, calma, a culpa não é sua, meu bem, cada um tem sua responsabilidade pelos seus atos, não podemos culpar os outros pelo que fazemos ou deixamos de fazer, a responsabilidade era do meu filho, foi ele que não se cuidou o suficiente, mas tenho fé que ele ficará bem e é nessa hora que eu irei puxar a orelha dele por não ter se cuidado como deveria. — Sorriu fracamente para Andrea tentando fazê-la sorrir também, apertando levemente sua mão.

Neste momento, Karl retornou com o doutor Carter que levou Sarah até Nick.

As horas arrastavam-se e Nick não melhorava.

Ao final das vinte e quatro horas, ele teve outra parada cardíaca, mas o médico informou que isso estava previsto, pois acontecia normalmente, era crítico o estado de saúde dele. O médico então decidiu que Nick permaneceria na UTI por pelo menos mais dois dias.

Andrea não se afastou do hospital, pediu a Marian que fosse até seu apartamento e lhe trouxesse algumas roupas, ficou o tempo todo observando de longe, pelo vidro, os fracos movimentos de respiração de Nick, algumas vezes a mãe e o irmão de Nick vinham ter notícias e saíam desanimados.

Andrea já não tinha mais ânimo, estava abatida, sem vontade de comer, sem dormir, Marian e Karl se revezaram em estar com ela e tentar fazê-la se alimentar e descansar um pouco, sem muito sucesso.

Após três dias de angústia, o doutor Carter retirou Nick da UTI, pois ele não teve mais nenhuma parada cardíaca e já podia respirar sem a ajuda dos aparelhos; ao ser transferido para o quarto, Nick tornou-se mais acessível, mas continuava em estado de coma. Andrea ficou o tempo todo no quarto, ao lado da cama, segurando sua mão, sem dizer nada, só rezando e esperando o milagre acontecer.

O médico vinha de três a quatro vezes por dia para ver como Nick estava, as enfermeiras vinham a cada hora para verificar os aparelhos, que não mostravam variação nenhuma aos olhos leigos de Andrea, tomou vários frascos de sangue para se fortalecer; na madrugada do sétimo dia de internação, Nick teve febre e suava muito, ficou agitado e, delirando, chamava por Andrea, que imediatamente chamou o doutor que, após examiná-lo, disse:

— Senhorita Andrea, o estado de coma regrediu, mas o mau funcionamento dos pulmões se transformou em pneumonia e temos que entrar com outros antibióticos para conter a pneumonia a tempo.

— Doutor Carter, ele não voltou à consciência, como pode ter saído do coma?

— Nas próximas horas ele pode recobrar a consciência, é uma questão de tempo, tenha calma, o pior já passou.

Andrea animou-se e ligou para Sarah avisando-a da melhora do Nick, sentou-se novamente ao lado da cama e esperou, rezou. Resolveu conversar muito com Nick, mesmo sabendo que ele não estava ouvindo, falou de seus medos, suas angústias e falou muito de todo o amor que sempre sentiu por ele, de todo seu sofrimento; com voz baixa e suave, foi abrindo seu coração:

— Nick, não sei se pode me ouvir, acho que não, mas tenho fé que ficará bom logo, eu preciso de você, não imagina o sofrimento que tenho passado, uma angústia em imaginar ficar sem você; eu, que me afastei para não fazer você sofrer, e no fim, quem está sofrendo demais sou eu, você também com nossa separação; sabe, Nick, eu não sei viver sem você, eu te amo, volta pra mim, por favor. — Aproximou sua boca do rosto tão amado e pálido de Nick e lhe beijou suavemente, tornando-se a sentar. Encostou o rosto na beirada da cama e deixou-se levar pelo suave respirar do bem-amado e acabou dormindo de puro cansaço.

Ouviu ao longe uma voz suave e doce lhe dizendo que a amava, e uma mão quente a segurar a sua mão fria e foi saindo do que parecia um mar ausente e escuro, sem sons só de sombras, acordou com a mão de Nick apertando os dedos de Andrea, ela levantou os olhos e notou que a febre cessou, mas os olhos continuavam fechados, a respiração estava regular e compassada, ele voltara.

Andrea sorriu e agradeceu a Deus pela vida.

— Nick, meu amor, você voltou, pode me ouvir? — A alegria era tanta que ela chorou, as emoções afloraram e não foi possível mais se conter, chorava e chorava sem se controlar.

— Desse jeito vou me afogar, querida. — A voz fraca de Nick se fez ouvir sobre os soluços de Andrea, que olhou depressa para Nick.

— Ah! Graças a Deus, Nick, eu... pensei... eu... como é bom ouvir você, estou tão feliz!

— Calma, eu estou bem, mas você não está, tá muito pálida e toda amassada, está horrível. — Sorriu fracamente.

— Oh, muito obrigada pela gentileza. Você diz isso porque não está vendo a sua cara como está, tá bem pior que a minha, viu! — Apertando a campainha, chamou a enfermeira para avisar que ele havia acordado, mas Nick não deixou que saísse do seu lado.

Nos dias que se seguiram, Nick foi recuperando suas forças pouco a pouco; permaneceu internado por mais dez dias e, quando saiu, estava quase totalmente recuperado.

AMOR, NUNCA MAIS?

Andrea passou a maior parte do tempo no hospital, só saia para descansar e comer, mas um sentimento de insegurança encheu seu coração e não tocou em assuntos pessoais com Nick, e nem ele falava sobre isso com Andrea.

Fazendo com que Andrea chegasse à conclusão que Nick já não a amava mais.

Após receber alta do hospital, Nick apresentou-se à delegacia, onde foi saudado por todos, conversou longamente com o chefe John e Andrea foi chamada para participar ao final da conversa.

— Sente-se, Andrea, por favor. — Indicou uma cadeira. — O Nick já está recuperado, como você bem sabe, e veio apresentar-me sua carta de demissão.

— O quê? Mas, como, porque? — Espantou-se Andrea, olhando para Nick. — Por que Nick?

— Eu acho que já tive minha cota de aventuras por um bom tempo, estou reabrindo meu escritório de advocacia e vocês poderão sempre contar com os meus préstimos e auxílio para informações; mas para mim, já não dá mais, eu arrisquei toda a operação por não estar usando o colete à prova de balas. — Andrea olhou confusa. — Foi pura sorte eu ter conseguido atingir o Striker, ele poderia ter fugido graças a um erro meu.

— Não Nick, a responsabilidade era minha, eu é que deveria ter verificado se você estava com o colete, e além do mais, você conseguiu pegar o Striker, isso foi muito bom.

— Como eu já disse, foi pura sorte, e minha decisão está tomada. — Levantou-se, apertou a mão do chefe John e saiu da sala, deixando uma Andrea aturdida com o que acabara de ouvir.

— É, minha querida Andrea, só resta saber qual será a sua decisão agora, não é? — Perguntou o chefe, mas Andrea não tinha resposta para essa pergunta.

Saiu da sala em silêncio, trancou-se em sua própria sala para pensar.

Depois de algum tempo, ouviu uma batida na porta.

— Entre. — Para sua surpresa, era Nick.

— Andrea, eu gostaria de conversar com você agora.

— Nick, eu até agora não entendi sua atitude. — Andrea levantou-se com a força de um furacão, apoiando-se na escrivaninha à sua frente, olhando interrogativamente para os olhos de Nick.

— Bom, eu pensei bem e achei melhor me afastar de você, assim a dor seria menor e mais fácil de superar, e vou fazer algo que gosto muito, então está tudo bem, eu quero agradecer pelos dias e noites que passou comigo no hospital, foi muito importante para minha recuperação a sua presença.

— Não tem que agradecer, fiquei lá porque não poderia ficar longe sem saber o que estava acontecendo com você.

— Bom, era isso que eu tinha para te dizer. — Aproximou-se mais de Andrea até que seus olhos a fitaram bem fundo, seus olhos brilharam ao fitar os de Andrea e dizer:

— Até logo, nos vemos qualquer dia.

— Tchau, Nick, eu... não, não é nada, boa sorte em seu novo emprego! — E em pensamento, dizia a si mesma: "Não vá, por favor, eu não vou chorar, não vou".

Nick saiu e fechou a porta.

CAPÍTULO XI

— Ele não me ama mais, Marian, só tem essa explicação. Se não for essa a razão, qual seria? Ele simplesmente largou tudo, sumiu, não o vejo mais, não me liga, nada. Ele desapareceu.

— Amiga, será que Nick não está esperando uma definição sua, você já o procurou? Ele já demonstrou a você que te ama de várias maneiras, seu amor é cristalino, pense bem, agora não será a hora de você mostrar o amor que você sente por ele? Vai deixar o amor passar por entre seus dedos, como se fosse grãos de areia?

De repente, uma recordação fez Andrea compreender: "Não vou mais te procurar, quando tiver uma resposta para mim, estarei esperando".

Andrea levantou-se de trás da mesa de trabalho e, com um sorriso radiante nos lábios, disse:

— Marian, já sei o que devo fazer, tenho duas decisões a tomar e já sei quais serão.

— Boa sorte! Fico feliz de ter percebido logo. — Marian sorriu.

O dia foi agitado para Andrea, primeiro conversou com o chefe John, explicou que iria se casar com o Nick e faria sociedade no escritório de investigações dele, o chefe não ficou muito feliz, mas como já esperasse por isso, aceitou resignado, também aceitou a indicação de Andrea para que Karl fosse o seu substituto.

Depois, foi até uma joalheria e comprou um par de alianças de ouro; foi para casa, tomou um belo banho de imersão, vestiu um vestido negro de seda, fez um penteado de um coque frouxo, deixando alguns fios caindo sobre o rosto, perfumou-se, respirou fundo e saiu.

Ao dirigir seu carro até a casa de Nick, as dúvidas começaram a surgir na cabeça de Andrea: "mas e se não for o que ele quer? Se não me ama mais, se cansou de esperar e arrumou outra pessoa?"

Com essas dúvidas na cabeça, Andrea estacionou em frente ao prédio em que Nick morava, ficou um tempo dentro do carro em dúvida se subia ou não, respirou fundo e soltou o ar vagarosamente dos pulmões e disse a si mesma:

— Vamos lá, Andrea, o máximo que pode acontecer é ele não estar em casa ou pior, estar acompanhado, puxa isso é animador mesmo!

Subiu até o quarto andar pensando que deveria ter ligado antes, avisando que viria. Tocou a campainha e esperou ansiosa, nenhuma resposta, tocou de novo e, após algum tempo, a porta abriu e Nick só de toalha, todo molhado, atendeu-a surpreso:

— Andrea! Que surpresa, entre por favor, desculpe a demora, é que eu estava no banho. — Piscou e sorriu de um jeito devastador para ela que engoliu em seco ante a visão do corpo másculo com gotinhas de água espalhadas pelo peito forte, a cicatriz do tiro bem visível, mas nem por isso o tornando menos sexy, e uma camada escura de pelos que iam se afinando até sumir na dobra da toalha, Andrea sacudiu a cabeça para clarear os pensamentos e entrou.

— Eu, desculpe Nick, por não ter avisado antes que viria, mas...

— Andrea, a casa é sua, mas você está linda, tem alguma festa hoje? Veio me convidar para acompanhá-la?

— É, pode-se dizer que sim.

Espere só um momento que vou me vestir, quer beber alguma coisa? Sirva-se que eu já volto. — Dizendo isso, Nick foi para o quarto e Andrea foi até o bar e serviu-se de uma bebida forte para acalmar seus nervos.

Depois de alguns minutos de espera, Nick voltou mais arrasador que antes, de calça preta, camisa de cambraia branca, cabelos ainda úmidos e aquela loção pós-barba que a deixava sem fôlego. Sorriu para Andrea e se serviu de uma dose de conhaque, e juntou-se a ela no sofá.

— Estou feliz que tenha vindo me visitar, estava sentindo sua falta.

— Eu também, por isso eu vim te fazer uma proposta.

— Proposta? Se for para voltar, não, obrigado.

— Não é isso. Eu, quer dizer, você, não, ah como é difícil, não sei por onde eu começo.

— Pelo começo, é claro.

— Tudo bem, Nick, eu me demiti, já tenho doze anos como policial e acho que está na hora de mudar. — Falou de um só fôlego, com medo de se arrepender.

— Mais que loucura, por que fez isso? Você ama ser policial...

— Deixe-me terminar, por favor. — Nick ergueu as mãos em sinal de rendição.

— Não tem graça nenhuma trabalhar sem ter você por perto, Nick, por isso eu gostaria de ser sua parceira no escritório que você está reabrindo, cuidarei das investigações, e você da parte legal advogando, isto é, se você quiser, é claro! — Viu o espanto e depois a alegria tomar conta do rosto de Nick.

— Tem certeza que é isso que você quer, não vai se sentir infeliz por não ter mais que perseguir bandidos perigosos e armados o tempo todo?

— Claro que tenho certeza, se não tivesse não teria vindo aqui.

— Então temos que selar nossa sociedade com um brinde...

— Antes de brindarmos, eu queria te explicar umas coisinhas.

— Está bem, pode falar.

— Os dias que você passou em coma no hospital foram os piores dias da minha vida, eu pensei que fosse te perder para sempre e, te confesso, foi uma ideia terrível. Quando você se recuperou e saiu da minha vida tão rápido e eu não pude fazer nada para impedir, eu concluí que não me amasse mais e respeitei a sua decisão. — Fez uma pausa e percebeu a palidez no rosto de Nick, os olhos haviam perdido todo o brilho. — Mas hoje eu me lembrei que estava te devendo uma resposta a uma proposta que você fez a algum tempo e... — Abriu a pequena bolsa que trouxera e tirou dela o estojo das alianças. — Hoje eu vim, não te dar uma resposta, mas sim, fazer um pedido. Nick, quer casar comigo? Eu te amo e não quero mais ficar sem você!

Nick olhou para as alianças sem acreditar, e seus olhos, outra vez brilhantes, fixaram-se em Andrea, e seu sorriso foi como o nascer de um novo dia, radiante e cheio de alegria, quando disse simplesmente:

— Sim, aceito seu pedido.

— Oh, Nick, você não imagina a dúvida que eu estava.

— Dúvida, por quê? Você sempre soube que eu te amo!

— Mas depois que você foi embora eu...

— Chega, querida. Eu te amo e não vou deixar você sair da minha vida outra vez, nunca mais, agora vamos brindar, mas a bebida fica para depois. — Abraçou Andrea e selou o brinde com um beijo, quente e sensual, que deixou os dois sem fôlego, acendendo a chama do desejo, um desejo que tinha que ser satisfeito o mais rápido possível. Nick a pegou nos braços, levou-a ao seu quarto onde suavemente a colocou aos pés da cama, lentamente tirou-lhe o vestido, os sapatos e a lingerie, que foram juntar-se ao vestido. Andrea retribuiu tirando as roupas de Nick e logo estavam novamente nos braços um do outro, saboreando a felicidade de estarem juntos novamente, celebrando o amor, seus corpos uniram-se no ritmo mais antigo de todos os tempos, mas que para eles era o despertar de um novo tempo, onde só a felicidade era possível.

Era um sábado ensolarado, com pássaros cantando, unindo-se ao som do coro da igreja na entrada da noiva, que vinha radiante em seu vestido de renda champanhe; parecia flutuar, com um singelo arranjo nos cabelos e o bouquet de tulipas nas mãos, sorria para todos os convidados, seus amigos e seus familiares, seus olhos então ergueram-se ao altar e viu seu Nick lhe esperando, lindo, de fraque preto, tão elegante; à sua frente, o padre Joaquim, todo satisfeito, à espera para iniciar a celebração. Sua mãe e a mãe de Nick sorriam felizes no altar.

Ao dar a mão ao noivo e ouvir um suave "eu te amo", o dia de Andrea completou-se, sorriu e ouviu o que o padre Joaquim tinha a lhes dizer; na hora dos juramentos, olharam-se nos olhos e sabiam que seria para sempre, pois tinham certeza de que o amor que os unira iria dia a dia alimentar a chama que lhes ardia no peito.

Andrea, enfim, percebeu que o amor é uma dádiva de Deus, que não se pode desperdiçar, o tempo não nos pertence e devemos aproveitá-lo da melhor maneira possível, temos o dever de amar e sermos amados, assim conseguiremos superar todas as dificuldades que tivermos; o amor nos dá a força necessária para viver sempre.

O beijo selado por Andrea e Nick no altar foi o início de uma linda história de amor e conquistas realizadas a dois, sempre a dois...

FIM.